잊히지 않는 선물

이영희 수필집

 도서 출판 맑은샘

머리말

나는 글을 쓸 만한 소양도 자질도 배운 것도 별로 없는 평범한 주부다.

어느 날 사느라고 부딪친 사소한 터덕거림이 얼른 삭여지지 않을 때, 또는 아침 현관문 앞에 몇 잎 구르는 단풍잎을 그 가을 처음 보면서 '아, 낙엽!' 하고 가만히 외친다.

그런 때 한 줄 두 줄 써보았다.

쓰다가 말고 또 써보고

어쩌다 보면 썼던 것이 없어져 버리기도 했다.

그렇게 세월이 지나다 보니 이것도 글이라고 할 수 있을까? 몇 편이 되었다.

버리기도 아깝고 이제 나이 들어 무료하기도 하여 다시 보고 읽고 하면서 교정을 했더니 이런 것이 되었다.

세상에 내놓기가 부끄럽다. 하지만 이젠 나를 숨길 것도 꾸밀 것도 없는 나이이기에 이대로 내놓는다.

한 분이라도 읽고 공감해 주신다면 그것으로 기쁨과 보람이 되겠다.

목차

PART 1

장미

. 1 .

달개비 꽃

베란다의 화분에 달개비 풀이 돋았다. 빈 화분이 하나 있어 흙을 담아 놓고 무엇을 심을까 생각 중이었는데, 조그마한 싹이 절로 나더니 자라갈수록 달개비 풀임에 틀림이 없다. 요즈음 30도를 오르내리는 삼복더위에 이곳 삼 층까지 어디서 날아온 씨앗인지 모르겠다. 아니면 흙 속에 묻혀 온 뿌리였을까.

내가 여학교에 다닐 때였다. 미술 선생님은 여러 가지 색깔에 대해 설명하면서 달개비 풀을 칠판에 그리고는 이 풀의 꽃이 남색이라고 하셨다. 하지만 그 실물을 본 기억이 없기에 색 또한 정확히 알 수 없었다.

여름 방학 어느 날 시골 친척 집에 갔을 때다. 앞서 가던 외

사촌 언니가 밭도랑의 우거진 풀 앞에 서서 그 풀을 가리키며, 이것이 닭의장풀, 달개비 꽃이라고 했다. 가까이 가서 보니 조그마한 파란 풀꽃이었다. 푸른 풀 위에 파란색이 얼른 눈에 띄지 않았던 것이다.

찬찬히 보니, 그 꽃은 매우 아름다웠다. 그때까지 나는 남색이란 어머니의 짙은 쪽빛 치마나 우리의 겨울 감색 교복과 비슷한 색깔일 것으로 생각했다. 그런데 그날 본 달개비 꽃은 청명한 가을 하늘이 한 방울 똑 떨어져 내려앉아 있는 것 같았다. 한없이 맑고 청초했다. 시원스러웠다.

그뿐 아니었다. 그 꽃은 생긴 모양도 예쁘고 멋스러웠다. 볼수록 감탄이 절로 났다. 살짝 건드리기만 해도 으깨어져 버릴 것처럼 보드랍고 얇은 한 쌍의 작은 꽃잎, 그 남색 꽃잎 가운데 조그마한 몇 개의 노란 수술과 굽을 듯 곧게 벋은 희고 긴 꽃술, 청순하고 순결해 보였다. 아름답고 사랑스러운 꽃이었다.

두어 줄기 끊어다가 샘물 반쯤 담은 맑은 유리컵에 꽂아 내 친구의 책상 위에 가만히 놓아 주고 싶었다. 우리 선생님이 늘 보시는 음악실 피아노 위에 몰래 놓아두고 싶었다.

그 후 내가 첫 발령을 받아서 간 곳은 하루에 버스가 두세 번 소독차처럼 먼지를 일으키며 지나는 곳이었다. 그때 내가 살던 집에서 학교는 긴 다리를 건너고 논밭 넓은 들 가운데의 그 신작로를 따라 아스라이 멀었다.

젊던 나는 눈보라가 몰아치는 겨울엔 오히려 그 들길을 싱싱 걸어갈 만했지만, 여름 해가 이글거리며 내리쪼일 때는 참으로 괴로운 출근길이었다. 좀 일찍 가려고 서둘러 보아도, 동쪽 산이 멀고 낮은 그 들에선 언제나 나보다 해님이 더 부지런했다.

그날 아침도 따갑게 비치는 눈부신 햇살을 받으며 사립문을 막 나섰을 때였다. 문밖에는 울타리 옆으로 도랑이 있었는데 평소에도 늘 촉촉하고 여름엔 미처 베어 내지 못한 풀이 우거져 우북했다. 하지만 사방이 풀 천지인 그 시골에서 나는 그 도랑을 눈여겨볼 생각을 하지 않았었다.

그런데 그날 아침, 어쩌다가 도랑을 보니 아직 이슬이 마르지 않은 우거진 풀 위에 조그마한 남색 꽃이 피어 있는 게 아닌가. 달개비 꽃이었다. 나는 반가워 멈추어 서서 내려다보았다.

명절날 남색 고운 치마를 차려입은 아기 같은 달개비 꽃들이 여기저기서 나를 쳐다보며 웃고 있었다. 그 남색 고운 치마는 맑은 가을 하늘을 잔뜩 머금고 있는 것 같았다. 시원스런 기운이 그 꽃으로부터 풍기는 것만 같았다. 그리고 그 예쁜 꽃들은 초롱초롱 맑은 눈으로 나를 쳐다보며 '선생님, 선생님, 저요, 저요, 저요…….' 웃고 떠들면서 나를 기다리는 우리 반 아이들인 것도 같았다.

그래서 나는 햇볕이 아무리 뜨겁게 내리쪼일지라도 기쁜 마음으로 부지런히 걸었다. 날마다 그 도랑에서 달개비 꽃을 보던 그해 여름은 내내 행복했었다.

그랬는데 수십 년이 지난 무더운 오늘, 좁고 옹색한 우리 집 베란다의 화분에 그 달개비 꽃이 피려는 것일까, 물을 흠뻑 주며 들여다본다. 꽃망울이 몇 맺혀 있다.

. 2 .

합창 연습 가는 날

오늘은 합창 연습하러 가는 날입니다. 어제 오후 하얗게 올라온 머리에 검은 물을 들였고요, 오늘 아침엔 손질도 했습니다.

지금은 유월, 날씨도 쾌청합니다. 아파트 정원에 가득한 나무들은 막 신록(新綠)에서 녹음(綠陰)으로 들어섰습니다. 생기 발랄하고 희망과 기쁨이 넘치는 청소년들 같습니다. 나는 이제 곧 신선한 기운을 내뿜으며 즐거움으로 살랑이고 있는 저 나무들 아래를 유쾌하게 걸어갈 것입니다.

물론 나는 음악을 전공하지 않았고, 노래를 잘 부르지도 못합니다. 성악에 특별한 소질이 있는 것도 아닙니다. 하지만 창 앞 나뭇가지에서 노래하는 작은 새는 소질이 있어서만 그렇게 노래를 잘 부르겠습니까? 가을 풀벌레는 꼭 전공해서 그렇게 심금을 울려 주겠습니까?

내가 아주 어릴 때였습니다. 큰이모는 열여섯 살에 결혼하고 스물한 살에 청상(靑孀)이 되어 편찮으신 시아버지를 모시며 남매를 길렀다고 합니다. 항상 흰 광목 치마저고리를 입고, 입을 꼭 다문 채 고개를 옆으로 갸웃하고 다녔습니다. 밭을 매고 베를 짜면서는 눈물을 지으며 흥얼흥얼 노래했습니다.

노래란 막힌 마음이 밖으로 터져 나오는 것, 마음속의 울음을 대신 울어 주는 마음 울음의 소리라고 합니다. 노래는 마음속에 낀 먼지를 깨끗이 씻어 내고 화기(和氣)롭게 한다고 합니다.

이모는 말로는 할 수 없는 마음속 깊이 아픈 울음을, 슬픈 이야기들을 그렇게 흥얼거리는 노래로 품어 내고 씻어 냈는지 모르겠습니다. 그랬기에 일상생활로 다시 돌아올 수 있었는지 모르겠습니다.

나도 때로는 노래를 부르고 싶습니다. 하지만 나는 밭도 메지 않고 베도 짜지 않습니다. 집에서는 이웃과 식구들이 조심스러워 부를 수 없습니다.

그러기에 넓은 교실에 많은 사람이 모여 함께 부르는 합창단엘 나갑니다. 거기서는 여러 사람과 어울려 큰 소리로 부를 수 있습니다. 그러면 모든 시름이 노래에 실려 멀리 사라져 버리는 것 같습니다. 가슴속이 후련하고 시원해집니다.

그러기에 나는 오래전 시골에서 살 때부터도 거기에 있는 조그마한 합창단에 나갔습니다. 그런데 합창이란 여러 사람이 모여 각각 다른 소리로 아름답게 어울려 내야 하기 때문에 그리 쉬운 일이 아니랍니다. 더구나 나 같은 아마추어도 못 되는 주부들이 그저 노래를 좋아한다는, 부르고 싶다는 마음만으로 모였기에 더욱 그렇습니다.

사실 합창을 잘하려고 든다면 한이 있겠습니까. 성악을 전공한 성악가들만으로 구성된 합창단이 많이 있습니다. 창단한 지 수백 년이 된 합창단도 있고, 육칠십 년이 넘은 합창단도 많이 있다고 합니다. 어찌 감히 우리가 그런 합창단을 흉내라도 내 볼 수 있겠습니까?

하지만 우리도 나름대로 잘해 보려고 열심히 연습합니다. 당연히 잘못하고 실수투성이이기에 수없이 반복 연습을 하지요. 어쩌다가 선생님이 "이번에는 아주 잘했어요." 하시면, 우리는 신이 나서 모두 웃고 떠듭니다. 마치 초등학교 아이들 교실 같지요.

그런데 6년 전 이곳 일산으로 이사를 왔습니다. 그때 나는 내가 들어갈 만한 합창단이 없을까 하고 찾아보았습니다. 어머니 합창단이 있다기에 물었더니, 사십오 세 이상은 안 된다고 하더군요. 많이 섭섭했어요.

몇 년 전 러시아에서 온 합창단원 중엔 노인 중에도 아주 연세 많아 보이는 할머니들이 젊은이들과 섞여 있었지만, 그 합창단이 노래를 얼마나 잘 부르던가를 그 공연을 본 사람은 다 아실 겁니다.

내 친구 중 하나는 밴쿠버에서 살고 있습니다. 물론 음악을 전공하지 않았지만, 거기 합창단에 나간대요. 세계 여러 나라를 돌며 노래를 부르기도 하는 그 합창단에서 내 친구는 젊은 축에 든대요. 그런데 왜 이곳 합창단에서는 나를 나이 많다고 안 받아 주는지 모르겠어요.

하지만 이젠 됐어요. 고양시의 한 합창단에서 나를 넣어 주었거든요. 오늘은 내가 그 합창단에 합창 연습하러 가는 날입니다.

음악실 문에 들어서면 복스럽게 생긴 우리 총무님이 "영희 언니 오셔요?" 하며 반겨 줄 것입니다. 아, 요즘도 언니라고 하면서 내 이름을 불러 주는 사람이 있다니, 어디를 가나 할머니라고 하는데…… 감격하여 눈물이 다 나려고 합니다. 나는 정말 젊은 그들의 언니가 되었습니다.

내가 웃으며 "미안해요. 내가 잘 못해서." 하면, "아니에요, 잘하시는데요." 하고들 말합니다. 물론 듣기 좋도록 하는 인사 말이겠지만, 그래도 안심이 되고 마음이 편해집니다. 그래서 혈기 왕성한 젊은 그들이 힘 있고 아름답게 부르는 그 노랫소리에 힘입어, 나도 허리를 펴고 뱃속 깊이 잔뜩 호흡하며 힘껏 노래를 부릅니다.

오늘은 내가 합창단에 연습하러 가는 날입니다.

. 3 .

조그마한 우리 집

아이들의 학교와 직장 때문에 서울에서 전셋집 얻어 살기를 칠 년, 처음에 나는 시골에 있으면서 자주 오르내렸지만 얼마 후부터는 불편하여 나도 주로 여기에 눌러 살게 되었다.

그동안 이사를 네 번 했다. 집주인이 들어와 살겠다느니 팔겠다느니 이런저런 이유로 2년에 한 번꼴로 이사한 것이다. 이젠 부동산 사무소에 드나드는 것도, 이사 다니는 것도, 지겨워졌다. 시내의 전셋돈으로 어딘가 허름한 오두막집이라도 가라 오라 하지 않는 내 집이 있으면 좋겠다는 생각을 하게 되었나. 그리하여 지금 살고 있는 집을 샀다. 서울에서 거의 한 시간 넘게 버스를 타야 하는 일산 신도시, 20층 중 아무도 선호

하지 않는 3층의 조그마한 아파트다.

이사하던 날이었다. 짐을 정리하다가 언뜻 돌아보니 창밖에 부연 하늘이 아니고 푸른 것이 어른거렸다. '저게 뭘까?' 하다가 '그렇지 여기는 어제까지 살던 20층이 아니고 3층이지.' 하며 베란다에 나가 섰다.

손을 내밀면 곧 악수라도 할 것처럼 목련나무가 창 앞에 서서 어른거리고 있다. 그 언저리는 소나무. 벚나무. 산수유 그리고 수국 등 크고 작은 나무가 잔뜩 우거져 있는 넓은 정원이다. 멀리 벋은 가로수와 학교 운동장 가의 나무들까지 연이어 있어 삼층에서 보는 아파트 정원이 마치 공원이나 큰 수림(樹林) 같다. 집은 안에서 내다본 조망이 중요하다고 한다. 그런 호사까지야 감히 생각지 않았는데, 나는 작은 아파트의 베란다에 서서 "우와, 우리 집이 별장이다!" 하고 말했다.

그런데 살아갈수록 조그마한 우리 집이 참 좋다. 첫째, 면적이 작으니 게으른 내가 청소하기 편하고 도배 값도 조금 든다. 방과 거실의 비닐을 모두 걷어내고 마루를 깔았는데도 생각보다 돈이 적게 들었다.

친구 집에 가면 거실에 화려한 진열장이 놓여 있고 방에도 명품 옷장이 있다. 나도 그렇게 해보고 싶은 생각이 없는 것은 아니다. 하지만 결혼 때 장만한 제법 자개까지 놓은 아직도 튼튼한 저 오동나무 이불장과 옷장, 서랍장 등을 어떻게 할 것인가. 오십여 년이 넘어 이제는 버려도 누가 주워가지도 않을 구식 먹고 촌스러운 것들이다. 그런데도 버리지 못하는 것은 궁상맞은 내 성격 탓일 것이다. 그렇다고 그것들을 거실에 내놓기까지야 하겠는가. 그래저래 거실에 텔레비전과 소파, 탁자 그리고 화분 몇 개를 놓으니 일부러 그렇게 꾸민 것처럼 거실이 단정하고 아담하다.

그런데 아침부터 창 앞 나무에서 저리도 맑고 고운 소리로 노래 부르는 놈은 도대체 무슨 새인지 모르겠다. 시내의 높은 층에서 살 때는 전혀 듣지 못하던 소리다.

한번은 가만히 창을 열고 살펴보았다. 배가 뚱그랗고 목에 남색 띠를 두른 참새보다 작은놈이 나뭇가지에 앉아 조그마한 부리를 하늘로 치켜들고 노래 부른다. 얼마나 예쁜지…….

머리털이 불그레한 새도 있다. 날개가 남색과 회색인 아주 작은 새도 있고, 가늘고 긴 다리로 매우 빨리 달리는 날씬한 새도 있다. 이 새들도 각각 예쁜 소리로 노래한다. 또 이 나무 저 나무에서 큰 소리로 화답하는, 비둘기보다 작지만 짙은 회색의 저 큰놈들은 무슨 새인지 모르겠다. 사람이 가까이 가도 버티고 앉아 산수유의 빨간 열매를 따 먹는다. 시끄럽게 짹짹거리며 떼를 지어 날아다니는 놈들은 참새다. 오래된 친구 같은 이놈들은 보고 있으면 참으로 정답고 예쁘다. 빵부스러기나 쌀을 한 줌 던져 주면 참새는 모두 도망가 버리고 비둘기나 그 회색 큰놈들이 와서 먹는다.

그뿐만이 아니다. 여름날 베란다에 서서 짙게 우거진 정원에 비 내리는 것을 바라보는 것은, 또 그 소리를 듣는 것은 얼마나 좋은지. 밤중 꿈속 저 멀리서 들리는 듯 마는 듯, 그러면서 점점 생시로 돌아올 때 창 앞 나뭇잎에 속삭이듯 보슬거리는 빗소리는 얼마나 감미롭고 평화로운지. 그 소리는 아마도 세상에서 가장 아름다운 소리일 것이다. 아침에 창을 열면 바로 내 앞 나뭇잎마다 솔잎 끝마다 알알이 맑은 보석이 무수히 매달려 있다. 손을 내밀면 손바닥에 소복이 떨어져 쌓일 것 같다.

한번은 "함 사시오−!" 하고 외치는 소리가 나서 얼른 일어나 베란다의 창 앞에 가 섰다. 함 팔려는 사람들과 사려는 사람들이 어우러져 시끌벅적 떠들며 흥정하는 것을 바로 앞에서 입이 귀에 닿도록 웃으며 구경했다. 이런 정경을 보는 것이 얼마 만인지 모르겠다. 높은 층에서라면 어림도 없는 구경거리다.

오늘은 한 친구가 한 달에 한 번씩 모이는 친구 모두에게 이사 턱으로 점심을 내겠다고 했다. 아들하고 마주 앉아 아침을 먹으며 "오늘 나는 점심 잘 먹으러 간다." 하고 말했다. 오늘은 일요일이지만 점심을 네가 알아서 챙겨 먹으라는 뜻이다. 그런데 아들은 무슨 생각을 하고 있는지 듣는 척도 하지 않는다. 나는 혼잣말로,

"압구정동 현대아파트 68평에서 살다가 80평 고급빌라로 이사 간다고 하더니, 그래서 오늘 한턱을 잘 낼 모양이야."

했다. 아들은 그제야 고개를 들며,

"어떻게 돈을 그렇게 많이 벌었대요?" 한다. 며칠 전, 요즘 강남 집값이 날마다 천정부지로 뛰어오르고 있다고 하면서 제 친구가 대출을 받아서 강남에 큰 집을 살까 하던데 우리도 그렇게 할까?' 하더니 아직도 그 생각을 골똘히 하고 있는 모양이다.

송충이가 갈잎을 먹으면 죽는다는 속담은 분수에 맞지 않은 짓을 하면 낭패를 본다는 말일 것이다. 분수에 넘치는 호사는 텅 비어 있는 큰 집보다 더 공허하고 불안할 것이다.

아무튼, 나는 나에게 꼭 맞는 오두막 같은 조그마한 이 집이 좋다고 생각한다. 내 물건 중 들여 놓지 못한 것이 없다. 다리를 죽 뻗고 누워 있으면 포근하고 오붓한 것이 내게 잘 맞는 옷을 입은 것처럼 몸도 마음도 이리 편하고 좋을 수 없다. 가라 오라 하는 사람도, 빚 독촉하는 사람도 없다. 체면 때문에

힘겹게 허세를 부릴 필요도 없다. 무엇보다 주위 환경이 이토록 좋아서야. 그래서 때로 나는 마음속 깊은 데서부터 진정 감사하고 싶은 생각이 난다.

그러나 젊은 사람은 그렇지 않은 모양이다. 모험을 해서라도 돈을 벌고 싶고, 모두가 선호하는 강남에 턱걸이를 해서라도 가고 싶은가 보다. 하지만 내 친구의 집은 우리 집값의 서른 배, 마흔 배도 넘을 것이다. 아들의 적은 월급으로 그 대출금을 다 갚는 데는 아마 수백 년도 더 걸릴 것이다.

어찌 생각했는지 나를 보며, "우리는 한 사람 죽어도 안 되겠네요." 한다. '우리는 다 죽어도 안 되겠네요' 하려다가 순간적으로 앞에 앉은 엄마를 의식해 그렇게 말한 것일까?

아무리 아껴 쓴다 해도 백 사람 천 사람 생활비 아껴 쓰는 것 정도로는 안 될 텐데. 나는 머리를 갸웃하고 턱을 내밀며

"한 사람만? 둘 다 죽어도 안 돼!" 하며 *끄덕거리자* 우리 둘은 똑같이 웃음이 터져 나왔다. 그리고 마주 보며 한참을 웃었다. 이래저래 나는 지금의 조그마한 우리 집이 좋다.

. 4 .

비 오는 날

일기예보는 어제부터 비가 온다고 했지만 한두 방울 떨어지다 말았는데 오늘은 좀 오시려나? 하늘이 뿌옇고 아침부터 후텁지근하다. 거실에 비질을 좀 하는데도 땀이 난다.

소파에 앉아 신문을 뒤적이다가 텔레비전의 채널을 이리저리 돌리다가 부채를 든 채 깜빡 졸았던 모양이다. 어렴풋이 무슨 소리가 들리는 듯하여 '비 오시나?' 하며 부스스 일어나 베란다에 나가 섰다.

희뿌연 공중에 비가 한 올씩 내리고 있다. 보고 있으려니 점점 더 많이 내린다. 극성스럽게 울어대던 매미 소리도 그치고 시원한 기운이 풍겨 온다.

크고 작은 많은 나무가 우거져 있는 여름 정원, 삼 층 베란다에서 보면 제법 커다란 수림 같다. 나무들이 시원스럽게 비를 맞고 있다. 이파리들이 끄덕이며 빗물을 뚝뚝 떨어뜨리기도 하고 흘러내리기도 한다. 가만히 서서 정원에 비 내리는 것을 보며 빗소리를 듣고 있으면 마음이 한없이 평화롭다.

비가 점점 더 많이 쏟아지자 정원이 소란스러워진다. 저 많은 각가지 푸른 잎 악기들을 지금 하늘에서 무수히 쏟아져 내려오고 있는 작은 악사들이 저마다 멋스럽게 한껏 연주하는 것이다. 나무들이 몸을 흔들며 즐거워하고, 서로서로 마주 보고 끄덕이며 수다를 떤다. 명절날 대가족이 모여 와자지껄하는 것 같다. 나를 부르는 다정한 음성도 언뜻 섞여 있다. 저 숲 속 나무 아래 나도 가서 가만히 서 있고 싶다.

바람이 불면 나무들은 치켜든 팔을 무희처럼 흔든다. 세게 불면 아우성치듯 흔들어댄다. 장대비가 쏟아지면 나무 위 높이까지 물보라가 안개 같이 피어올라 정원은 짙은 회색에 잠긴다. 꿈을 꾸는 듯 아름다운 정원이다.

이렇게 비가 쏟아지는 정원에는 아무도 없다. 이 나무 저 나무로 날며 노래하던 새들은 물론, 가끔 지나던 고양이도 얼씬하지 않는다. 어제 마당에서 공놀이하고 줄넘기를 하던 아이들은 층층이 저 많은 집 중 각기 자기 집에서 지금 무엇을 하고 있을까? 종이접기? 그림 그리기? 또는 과자를 먹으며 동화책을 보거나 낮잠을 자고 있을까?

그런데 저기 정원 옆 빗물이 밀려 흐르는 시멘트 길가에 조그마한 세발자전거 한 대가 손잡이에 빨간 풍선을 매단 채 비를 맞고 있다. 오늘 아침 비가 내리자 엄마는 아기만 안고 들어가 버린 모양이다. 지금 그 아기는 창 앞에 서서 비를 맞고 있는 제 자전거를 내려다보며 안타까워하고 있지나 않을까.

내가 어릴 때 살던 집은 작은 시골 마을 초가였다. 비가 이렇게 억수로 쏟아지면 천지가 금방 밤이 올 것처럼 어두워졌다. 그때 온 처마에서 흘러내리는 낙숫물 줄기는 무수히 많은 하얀 기둥 같았고 그 낙숫물 소리는 사방에서 한꺼번에 다듬이질하는 것처럼 귀가 먹먹했다. 그리고 토방 아래로 떨어져 내린 낙숫물들은 저마다 크고 작은 물거품을 끊임없이 만들고 꺼졌다.

그때 나는 마루에 앉아 어쩌다가 하나 씩 마당 가운데까지 흘러가는 물거품이 꺼지지 않기를 바라며 보고 있었다. 꺼지면 안타까워하면서 다음 것을, 또 그다음 것을, 하염없이 바라보고 있었다.

한번은 타작하려는 보릿단이 마당에 쌓여 있는데 비가 왔다. 들에서 급히 달려온 일꾼이 쏟아지는 빗속에서 흠뻑 젖

25

은 채 보릿단을 양손에 잔뜩 들고 문간 옆 허청으로 뛰어다니
며 옮겼다. 그때 밖에서 "비 오신다!" 하고 외치는 소리가 났는
데, 그 사람도 보릿단을 옮겼을까? 그리고 삽 하나 들고 빗속
을 달려가 논둑을 다독이고 물꼬를 막았을까? 비가 개었을 때
논에 고인 물에는 푸른 하늘과 흰 구름이 잠겨 있기도 했다.

또 동무들과 밖에서 놀다가 비를 만난 적이 있다. 쏟아지는
빗속에서 미처 집에까지 가지 못하고 모두 흠씬 젖은 채 가까
운 영숙이네 집 허청으로 갔었다. 거기는 보릿대가 잔뜩 쌓여
있었는데 우리는 그 보릿대 속에 파묻히고 뭉개고 미끄러지
며, 얼마나 재미있었는지.

그 후 도시에서 살던 청소년 때는 비가 오면 동무와 한 우
산을 쓰고 바람에 우산이 뒤집힐 때마다 깔깔거리며 흙탕물이
넓게 퍼져 넘실거리는 개천까지 가보기도 했다. 비 온 뒤의 엉
겅퀴 꽃을 보려고 소나기 속을 걸어 멀리 풀밭을 찾아가기도
했다. 그때 짙푸른 잎에 맑은 물방울이 앉은 싱싱한 보라색 엉
겅퀴 꽃은 얼마나 아름답고, 또 얼마나 우리 가슴을 싱그러움
으로 부풀게 했던가.

한 번은 그 동무와 〈사랑은 비를 타고〉라는 영화를 보러간
적이 있다. 다 보고 나오자, 들어갈 때 내리던 비가 아직도 오
고 있었다. 나는 동무와 헤어진 후 우산을 깊이 쓰고 멀리 돌

았다. 한 사람을 만날 것만 같은, 만나 본들 어쩌다 우연히 만난 듯 꾸벅 인사 한 번 하고 지나칠 그 길을 걷다가 후줄근해진 모습으로 되돌아온 적도 있다. 모두 지난 옛일들이다.

많은 세월이 흘러가 버린 이제는 이렇게 창 앞에 혼자 우두커니 서서 비 오는 정원을 바라보고 있다. 다시 한 번 이 빗속을 그 동무와 걸어 보고 싶다. 흙탕물이 넘실거리던 개천 길, 그리도 아름답던 엉겅퀴 꽃. 하지만 지금은 그날의 동무도 없고, 나 또한 저 빗속에 나갈 엄두가 나지 않는다.

기쁘고 즐겁던 일, 슬프고 괴롭던 지난날들이 쏟아지고 있는 빗속 저 멀리 아련하다. 모두가 아름답고 그리울 뿐이다. 여름 아파트의 푸른 정원에 종일 비가 내리고 있다.

. 5 .

장미

지난 5월, 일산 호수공원에 꽃박람회가 있었다. 호수공원이 생긴 후 처음 있는 박람회였다. 시작하는 날이 일요일인데다 날씨가 화창해 구경 온 사람이 매우 많았다. 나도 막둥이와 함께 갔었다.

삼십만 평이나 되는 공원에 박람회를 위해 때맞춰 피도록 여러 가지 꽃을 많이 가꾸었고, 여기저기 치장도 잘했다. 세계 여러 나라에서 가져온 꽃을 전시한 국제관, 국내의 각 지방에서 온 지방관, 분재관 그리고 선인장관 등 볼거리가 아주 많았다. 꽃밭에 아이를 세우고 사진을 찍는 이, 빙긋이 웃는 곱살한 할머니를 꽃밭 사이에 앉히고 사진을 찍는 젊은이도 있었다.

　장미원에도 사람이 많았다. 여러 개의 아치형 문과 장미원을 빙 두른 긴긴 산울타리 위에 흰색 분홍색 덩굴장미가 뭉게구름처럼 피어 있고, 드넓은 꽃밭에는 지금 막 피어난 갖가지 고운 색깔의 크고 작은 장미꽃이 수북수북 가득했다. 사람마다 이렇게 아름다운 장미꽃은 처음 본다며 감탄사를 연발했다. 나도 그들 사이에서 연방 탄성을 올렸다.

　그 후 나는 한 번 더 가 보려니 했지만, 이래저래 하다가 9월에야 갔다. 물론 사람도 없지만, 지난 오월 그리도 곱게 장미원 가득 수북이 피어있던 그 아름다운 장미꽃이 푹 꺼져 내려 장미원이 텅 빈 것 같았다.

　밤사이 귀한 보물을 모두 도둑맞아 버린 듯 허전하고 섭섭했다. 그 많은 꽃을 피워 올렸던 꽃대들이 뭉텅뭉텅 잘려나가고 그 흔적만이 한두 줄기 호젓이 남은 꽃대 아래 아프게 남아 있었다. 서글퍼지기까지 했다. 계절이 바뀌었으니 그러려니 해야겠지만, 나는 낙담하여 우두커니 서 있었다.

　그러다가 군데군데 한두 송이 남은 꽃을 따라 천천히 걸었다. 지난 오월엔 많은 사람 사이에서 황홀경에 취해 앞사람 따라 그냥 지나갔는데, 이제는 겨우 남은 몇 송이를 귀하게 바라보았다. 그러다가 허리를 굽혀 얼굴을 가까이 했다. 아름다운 짙은 향기가 코에 스며든다.

　내가 초등학교 사 학년쯤이었을 것이다. 놀러 간 동무의 집은 조그마한 초가였는데, 넓은 마당에는 아름다운 꽃이 가득 피어 있었다. 짙고 옅은 갖가지 고운 색깔의 꽃들이 송이마다 많은 꽃잎으로 봉실봉실했다. 대접만큼이나 큰 꽃도 있었다. 그 꽃들은 내가 처음 보는 꽃으로, 동무의 아버지가 늘 들여다보시며 정성껏 가꾸는 장미꽃이라고 했다.

　8 · 15 광복 직후인 그때 내가 아는 꽃이란 분꽃, 채송화, 봉숭아, 접시꽃 그리고 국화와 맨드라미, 울타리의 개나리 정도였다. 그런데 이토록 아름다운 꽃이 있다니. 나는 놀라움과 황홀함으로 꽃밭 앞에 서 있었다.

　동무는 내가 돌아올 때 그 꽃들 중에서 예쁜 것으로 골라 흰색과 분홍 노랑 그렇게 세 송이를 잘라내 주었다. 나는 좋아서 어쩔 줄을 몰라 하며 종이로 손잡이를 말아 두 손으로 꼭 쥐어 안고 왔었다.

　그때 나는 그 꽃에서 매우 아름다운 짙은 장미 향기를 처음 맡아 보았다. 집에 와서도 꽃병에 꽂아 놓고, 자꾸 그 향기를 맡으며 아침저녁 정성껏 물을 갈아 주곤 했다.

　그 후 많은 세월이 지난 후에야 꽃 가게가 생겨나고 장미꽃도 사고팔고 했다. 그때 나도 사 보았지만, 동무의 집 장미처

30

럼 향기가 짙지도, 꽃이 크지도, 색이 그토록 곱지도 않은 것
같았다.

그랬는데 어제 장미원에서 맡아 본 장미 향기는 맡는 순간
육십여 년 전 동무가 내게 준 장미꽃에서 맡았던 그 향기를 기
억나게 했다. 그때의 그 향기와 꼭 같았다. 왜 그랬을까? 혹
같은 장미라도 향기가 그렇게 다른 종류가 있는 것일까? 아
니, 수고와 정성을 다해 최상의 장미로 가꾼 방법이 같았기 때
문일 것이다.

오늘 아침 머리를 빗으려고 거울 앞에 앉았다가 문득 그때
일이 생각났다. 장미꽃밭 속에서 내게 줄 꽃을 자르려다가 나
를 바라보고 웃으며 이게 좋으냐고 묻던 동그스름한 동무의
얼굴, 열 살쯤 된 소녀의 가무스레하고 귀여운 얼굴이다.

초등학교를 졸업하고 헤어진 이듬해 여름에 6·25가 일어
났다. 그 후 나는 허둥지둥 살아오면서 지난날의 동무는 생각
할 겨를이 없었다. 언제 잊었는지도 모르게 그 애의 이름마저
잊은 지 오래다.

지금 생각하니 조그마한 초가집에 살면서 그 어려운 시절,
넓은 마당에 옥수수나 감자, 채소 등 먹을거리를 심지 않고 당
시로서는 전혀 경제성이 없는 징미를 마당 가득 가꾸시던 그
애의 아버지는 참으로 멋있는 분이셨던 것 같다.

불령선인으로 지목되어 일제의 감시를 받으며, 작은 집에서 몇 개의 분재를 마루와 창 아래 토방에 놓고 늘 들여다보며 가꾸시던 우리 아버지가 생각난다. 어쩌면 그 애의 아버지도 일제 강점기를 실의 속에서 장미꽃 가꾸기로 시름을 달래 보려 하셨는지 모르겠다.

그러한 그 동무의 가족이 6·25를 어떻게 무사히 보냈을까? 지금도 그 마당에는 장미꽃이 해마다 그렇게 아름답게 필까? 하지만 지금은 도시의 중심이 되어 버린 넓은 마당의 조그마한 그 초가집이 아직 그대로 있을 리 없다.

그 동무를 한 번만이라도 꼭 만나보고 싶다. 어디서 무얼 하며 어떻게 살고 있을까. 어쩐지 나와 비슷한 삶을 살아왔을 것만 같은 그 동무.

어느 번잡한 시장이나 길모퉁이에서 변변찮은 장바구니를 든 채 마주치고도, 서로 모르고 그냥 지나쳤는지 모르겠다. 아니, 지난 오월 호수공원 꽃밭에서 사진을 찍던 곱살한 그 노인이 내 동무였는지도 모르겠다.

거울 속 흰머리의 주름진 내 얼굴 위에 선명하지는 않지만, 장미꽃처럼 곱고 예쁜 소녀, 내 동무의 웃는 얼굴이 겹쳐 있다.

. 6 .

꽃사과나무가 서 있는 흙

늘 다니는 정원의 샛길 옆에 꽃사과나무가 한 그루 있다. 7
년 전 여름, 내가 이 아파트로 이사 올 때 내 키와 비슷한 이
나무에는 앵두만 한 푸른 열매들이 예쁘게 열려 있었다.

이 나무는 수년 전 어느 해 가을 시골 친척 집 사과밭 입구
에서 본 꽃사과 나무와 같은 종류다. 그 나무는 매우 크고 높
은 가지 끝까지 빨갛게 익은 탱자만 한 열매가 잔뜩 열려 있었
다. 석양 속에 어찌나 아름다운지 목을 젖혀 가며 쳐다보다가
한 가지 얻어 와 오래도록 방에 걸어 놓았었다.

그랬기에 이 나무도 장차는 그렇게 되겠지 하고 생각했다.
그런데 해가 갈수록 열매가 자잘한 채 자꾸 떨어지더니, 이제

는 여름이 가기도 전 모두 떨어져 버리고 말았다. 왜 그러는지 볼 때마다 언짢았다.

가을이 되자, 정원의 나무들이 곱게 물들었다. 아침 햇살에 비친 투명한 단풍잎이 찬란하다. 그런데 어느새 이렇게 된 것일까. 며칠 전부터 한 잎 두 잎 지기 시작하더니 오늘 아침은 나뭇가지가 거의 드러나 있다. 고운 잎들이 그토록 많이 떨어져 버린 것이다.

하지만 아파트 정원에는 낙엽이 한 잎도 없다. 지금까지 없던 둥실한 큰 자루가 군데군데 놓여 있을 뿐. 단풍잎이 지는 족족 수위가 그 자루에 쓸어 넣어 묶어 놓은 것이다.

가을은 단풍나무도 곱지만, 낙엽도 아름답다. 은행나무나 단풍나무, 감나무 아래마다 소복한 낙엽들, 정원과 잡목 숲에 무수히 떨어져 쌓여있는 각가지 모양과 색깔의 낙엽들은 얼마나 아름답고 신비스러운가. 그러기에 시인은 시를 쓰고, 우리는 낙엽을 밟으면서 떠나간 친구를 생각한다. 그리고 고운 잎을 주워 책갈피에 넣어 추억을 간직한다.

그런데 왜 정원의 그 고운 낙엽들을 그리도 부지런히 쓸어버리는지 모르겠다. 그뿐 아니다. 마지막 한 잎까지 쓸어 넣은 자루들을 쌓아 놓았다가 어딘가로 실어가 모두 태워 버린다고 한다.

이 말을 우리 할머니가 들으신다면 얼마나 놀라실까. "그 아까운 걸 왜 다 태워 없애니, 썩혀서 거름 해야지." 하시면서.

　내가 어릴 때 살던 시골집은 뒷간이 매우 컸다. 거기에는 두엄이 잔뜩 쌓여 있었다. 논둑, 밭둑, 골짜기의 풀을 베어다 거기 쌓고, 외양간 치운 것, 아궁이의 재, 사람의 변과 나뭇잎 한 이파리까지도 썩을 만한 것은 죄 거기 모아 놓았다. 그러면 거기서 썩어 시커먼 두엄이 되었다.

　이른 봄 그 두엄을 모두 내다 마당에 펴 볕을 쪼여 보슬보슬 마르면, 논밭에 내다 흩어 주고 농사를 짓는다. 그러면 그 해 농사가 잘되었다. 그러기에 두엄을 보면 그 집 살림을 알 수 있다고도 했다. 할머니는 그 두엄을 삼태기에 담아 마당가의 몇 그루 과일나무 아래에도 소복소복 놔 주셨다.

　그 후 도시로 이사해서도 마당에 감나무가 한 그루 있었다. 할머니는 흩어진 낙엽은 물론, 다듬고 남은 채소 부스러기와 과일 껍질 한 조각도 버리지 않고 모두 그 나무 아래 모아 놓고 헌 가마니로 덮어 놓으셨다. 그러면 그것들이 거기서 썩이 시커먼 두엄이 되었다.

　그래서일 것이다. 우리 집 감나무는 해거리도 하지 않고, 감이 크고 맛이 좋고 많이 열렸다. 이파리도 크고 두껍고 다른 집 나뭇잎이 다 떨어진 후에야 졌다.

　몇 년 전, 내가 밴쿠버의 아들 집에서 살 때다. 거기는 해변

길 따라 긴 화단이 있고 주택가에도 크건 작건 틈마다 화단인데, 그 화단들에는 거의 일 년 내 탐스러운 고운 꽃이 피어 있었다. 그런데 그 화단의 흙도 그렇게 검었다.

보슬비 오는 어느 날이었다. 푸른 조끼를 입은 공무원이 비를 맞으며 길가 화단에 엎드려 흙을 파 꽃나무를 심기도 하고 떠서 옮기기도 하는데, 아무런 연장 없이 맨손으로 하고 있었다. 나는 신기해 한참이나 서서 보았었다. 그 검은 흙이 얼마나 부드러운지 마치 콩가루나 톱밥을 만지는 것과 같았다.

가로수도 무척 컸다. 한번은 집 근처에 있는 한 가로수의 둘레를 아들과 둘이서 양팔을 벌려 재 보았다. 서로의 손끝이 닿기엔 네 뼘 정도가 모자랐다. 오월이면 하늘을 가린 그 큰 나무들에서 꽃잎이 함박눈 내리듯 하고, 가을이면 누런 낙엽이 온 길바닥이 푹신하도록 떨어져 쌓였다. 그래도 거기 사람들은 그 꽃잎이나 낙엽을 쓸어버리지 않았다. 낙엽 위를 걸으려고 일부러 나와 산책을 한다.

그러다가 어떤 때 청소차가 와서 바람을 일으켜 낙엽을 화단이나 가로수, 산울타리 아래로 몰아 놓기도 한다. 또 매우 큰 트럭이 와서 골패 쪽 같은 나뭇조각을 가로수 아래와 화단에 수북수북 부어 놓는다. 그러면 그것들이 거기서 나뭇잎과 함께 썩어 두엄처럼 시커먼, 그리도 부드러운 거름이 되어 나무는 그토록 크게 자라고 꽃은 그리도 예쁘고 탐스럽게 피는 모양이었다.

　서부 아프리카의 최대도시였던 통북투는 한때 집집마다 지붕을 금으로 치장할 만큼 번창했다고 한다. 그러나 지금은 완전히 폐허가 되고 말았다고 한다. 지나친 경작과 목축 등 흙으로부터 과도히 착취만 했을 뿐 토양 자원의 유지 보존을 위해서는 아무런 조치도 하지 않았기 때문이라고 한다. 그래서 지금은 거기 사람들 스스로도 "자연을 거스른 벌을 받은 것이지요."라고 말한다고 한다.

　저 꽃사과나무가 저리도 튼실하게 자라지 못하고 열매가 아름답게 결실하지 못하는 까닭도 어쩌면 두엄을 주거나 나뭇조각을 부어 주지는 못할망정 제 몸에서 떨어진 잎사귀 한 잎까지도 거기서 썩어 거름이 되도록 놔두지 않고 모두 쓸어가 버리기 때문이 아닐까.

　내가 이 아파트로 이사 온 지 7년이 지났다. 그런데 빈약하기만 한 저 꽃사과나무가 서 있는 흙은 아직도 생땅 그대로 희누르스름하고 운동장처럼 단단하다.

　나는 가고 오며 수위들이 낙엽을 쓸거나 큰 자루에 몰아넣는 광경을 볼 때마다 몹시 언짢다. 서글픈 저 꽃사과나무가 사막이 되어 버린 아프리카의 그 도시 얘기를 하고 있는 것만 같다.

. 7 .

풀밭에 서서

외출하려는데 길을 고친다고 보도블록을 모두 뜯어내 늘어
놓았다. 나는 멀찍이 돌아서 조팝나무 울타리 길로 갔다. 그곳
은 아파트가 멀고 지하 주차장의 자동차 출입구 옆이기에 사
람이 별로 가지 않는 외진 곳이다. 그래서인지 울타리 안에 풀
이 우북하다.

우리 아파트 앞 정원은 뻘건 맨흙바닥이다. 풀이 한 잎만 돋
아도 수위가 냉큼 뽑거나 깎아 버리기 때문이다. 왜 그렇게 풀
을 없애느냐고 물으면 정원에 풀이 자라게 됐다고 주민이 말한
다는 것이다. 나는 속으로 '정원이 뻘건 맨흙 바닥인 것보다는
풀이라도 파랗게 있는 게 더 나을 텐데…….' 하고 생각했다.

그랬는데 이곳은 외지기에 미처 주민과 수위의 관심이 미치지 않은 것일까? 울타리 앞에 서서 한참이나 풀밭을 보았다. 포아풀과의 긴 풀잎이 빽빽하고 군데군데 토끼풀꽃, 메꽃 그리고 점점이 노랑꽃도 있다. 저만큼엔 멀쑥한 망초도 몇 줄기 하얀 꽃을 피우고 있다. 싱그럽고 아름다운 풀밭이다. 내가 어릴 때 놀던 그 풀밭 같다.

대문을 열면 저만큼 하얀 길이 풀 속으로 숨어드는 뱀처럼 사라질 뿐, 사방이 온통 푸른 세상이었다. 논밭은 물론 동네 샘으로부터 맑은 물이 흐르는 긴 도랑을 뒤덮은 짙푸른 풀, 싸리 울타리 밖 달개비와 찔레가 피던 풀밭, 그 오솔길 옆 큰 밭의 풀이 우거진 넓은 언덕, 마을 뒷산으로부터 벋어 내린 포근하고 널따란 푸른 산자락.

이른 봄볕이 따뜻한 곳에 할미꽃이 피었다. 그리고 사방 파랗게 돋아난 그 풀밭에 양지꽃 제비꽃 민들레가 피고, 냉이 지칭개 광대나물 등 나물감도 많았다. 여름에는 짙게 우거진 그 풀밭에 초롱꽃 엉겅퀴 메꽃 그리고 원추리와 새콩덩굴 등 헤아릴 수 없이 많은 꽃이 피었다.

그랬기에 요즘처럼 장난감이 흔치 않던 그때 우리 어린이들은 항상 그 풀밭으로 갔다. 언제나 부드럽고 순한 풀, 변함없이 우리를 반기는 풀밭이었다. 우리는 그 풀밭에서 뛰고 달리고 예쁜 꽃을 따 서로 옷고름에도, 머리에도 꽂아 주었다. 풀밭에 앉아 풀과 풀꽃으로 밥과 떡을 만들어 차려 놓기도 했다. 그리고 긴 풀잎으로 풀각시를 만들어 샘가 그 맑은 도랑물에 머리를 감기며 놀았다.

그 풀밭 저만큼엔 소나 염소가 메여 있기도 했다. 이웃집 재만이는 꿩 알을 찾아 막대기로 그 풀밭을 휘젓고 다니기도 하고, 여름엔 그 풀밭에서 여치나 배짱이 방아깨비를 잡아 보릿대 여치 집에 넣어 가지고 다니며 자랑을 했다. 얼마나 즐겁고 정다운 풀밭이던가. 요즘도 가끔 고향 생각이 나는 것은 그 풀밭이 그립기 때문일 것이다.

지금은 아파트에 산다. 하지만 외출할 때는 시멘트와 아스팔트로 잘 정리된 넓은 정문으로 다니지 않고 아파트 뒤 샛문으로 다닌다. 샛문 밖에는 긴 산울타리 아래 이리저리 축대로 괴어 놓은 큰 돌들 틈새에서 자란 풀이 있기 때문이다.

이른 봄이면 차가운 돌 틈에서 연두색 여린 풀잎이 밖이 궁금하다는 듯 얼굴을 조금 내민다. 실같이 가는 것, 갸름한 것, 납작한 것 등, 만졌다간 아니 눈만 흘겨도 으깨어져 버릴 것 같은 싹들이다. 얼마나 기특하고 예쁜지.

그런데 얼마 후면 어느새 그 풀들이 한 뼘 아니 두세 뼘씩이나 자라 있다. 무더기 무더기로 또는 가닥가닥 넓게 펴 이파리와 함께 긴 풀줄기로 자라나 자잘한 흰 꽃을 잔뜩 피우고 있다. 동그란 꽃잎. 별 같은 꽃잎, 모여 핀 것, 흩어져 핀 것, 남색이나 노란빛을 띤 꽃도 있다.

나는 이 풀들의 이름을 모른다. 하지만 볼수록 얼마나 아름다운 예쁜 풀이고 풀꽃들인지, 가슴속에서부터 흐뭇한 기쁨이 넘친다. 그래서 미소 가득한 얼굴로 그것들을 굽어보며 천천히 걷는다. 그러다가 핸드폰으로 사진도 찍는다.

풀은 누가 심고 가꾸지 않아도 돌 틈이건 언덕이건 도랑이건 어디서나 그렇게 스스로 나서 우북이 자란다. 아침이면 이슬에 목욕하고, 아롱진 이슬방울로 잎마다 곱게 치장하고, 낮에는 살랑이며 햇살과 술래잡기 놀이를 한다.

바람이 불면 춤을 추고, 비가 오면 즐거워 풀뿌리들이 흙 속에서 물을 머금고 무수한 손처럼 흙을 움켜쥐어 논둑이나 밭둑이 무너지지 않도록 막아 준다. 비가 억수로 쏟아지면 풀들은 모두 미끄럼틀같이 허리를 굽혀 빗물을 풀 위로 줄줄 흘려보낸다. 초가지붕처럼. 그러기에 아무리 장마가 길고 폭우가 쏟아져도 풀이 우거져 있는 곳은 사태 나는 일이 결코 없다고 한다.

풀은 소나 염소뿐 아니라 모든 동물이 먹고 산다. 우리가 밟고 뛰어도, 두엄을 만드느라 베어내도 언제 그랬냐는 듯 흔적 없이 자란다. 그뿐 아니다. 사람이 병이 났을 때 쓰는 약제 대부분도 풀에서 난다고 한다. 마음이 아픈 사람, 긴 병에 시달리는 사람은 날마다 풀을 보고 맨발로 풀밭을 걸으면 병이 절로 낫는다고도 한다.

오래전 어느 가을날 무등산에 갔을 때다. 중머리 재에서부디 아득히 넓고 먼 입석대 아래와 그 너머 더 멀리까지 하얗게 만발해 일렁이는 억새꽃밭은 얼마나 아름다운 장관이던가.

내려오는 길, 산 그림자 넘어가는 어슴푸레한 언덕에 다리를 죽 뻗고 누워 쉴 때, 싸늘히 멀어만 가는 노을 낀 높은 하늘. 그 하늘을 배경으로 내 머리 위에 보일 듯 말 듯 노란 씨를 성글게 매달고 흐느적이던 긴 풀줄기, 점점이 작은 자줏빛 풀씨가 붙은 쓰러져 가는 가냘픈 줄기, 잔털을 세우고 오스스 떨던 희미한 풀 이삭… 가슴이 저리도록 애틋하고 다정한 풀들이었다.

"풀은 대지의 자랑이며 행복이다."라고 시인 울란트는 노래했다.

"자연적으로 돋아난 풀은 마음을 텅 비운 사람과 같다."라고 장자(莊子)는 말했다.

우리 아파트 앞뒤 옆 정원에도 절로 난 풀을 그대로 두면 어떨까. 내가 어릴 때 놀던 곳과 같은 그런 풀밭이 될까. 그러면 여기 아이들이 얼마나 좋아할까.

흰 연꽃 같은 내 친구

호수공원에 연꽃이 피었다. 물 위에 솟아 있는 둥글고 넓은 푸른 잎들 사이에 곧 필 듯 붕긋한 흰 봉오리, 분홍 봉오리들이 그지없이 아름답다. 둥근 쟁반처럼 활짝 핀 것도 있다.

연꽃을 꽃 중의 군자라고 한다지만, 연꽃은 무엇과도 비교할 수 없는 그저 무한히 깨끗하고 아름다울 뿐인 것 같다. 순수하고 천연스러운 그대로일 뿐이다. 나는 한참을 서서 바라보았다. 볼수록 이 꽃은 젊은 날의 내 친구와 같다는 생각이 든다.

여학교에 다닐 때였다. 어머니는 전도사인 당신의 친구가 은사집회를 한다고 축농증 기가 있던 나에게 같이 가서 기도를 받자고 하셨다.

그래서 따라간 곳은 가까운 어느 가정집 방이었다. 내가 갔을 때는 저녁 예배도 끝나고 사람들이 모두 흩어진 후였다. 그런데 아랫목에 내 또래의 한 여학생이 앉아 나를 바라보며 방그레 웃고 있었다. 곱고 포근한 얼굴이었다.

다음날 저녁, 전도사님은 그 학생을 데리고 우리 집에 와서 식사하셨다. 결핵으로 휴학하고 있으면서 전도사님께 늘 기도를 받고 있다는 그 여학생은 그 후 내가 학교에서 돌아오는 시간을 기다렸다가 찾아오곤 했다. 그래서 우리는 친구가 되었다.

그 친구는 약간 굼뜬 듯한 몸짓으로 항상 웃고 있었다. 어떤 때는 자기의 어려운 일, 속상하고 슬픈 얘기를 하면서 눈에는 눈물이 가득 차 넘치건만, 얼굴은 웃고 있었다.

우리는 공휴일이면 버스를 타고 교외의 들에도 가고, 눈 오는 날엔 눈을 맞으며 무작정 걷기도 했다. 음악을 좋아하는 그는 기타동아리의 회원이었는데, 그 회지에 자기 시를 발표했다고 하며 가지고 와서 내게 읽어 주기도 했다. 지금은 잊었지만, 자기 조카를 보며 썼다는〈아기〉라는 그 시는 순결하고 천진한, 사랑스러운 아기를 잘 표현했다고 생각했다.

어느 해 여름방학이었다. 우리는 오치동에 있는 연못으로 연꽃을 보러 갔다. 쪽빛 산이 낮게 누워 있는 아득히 먼 지평선, 한없이 넓은 푸른 들, 그 논 가운데에 매우 큰 연못이 있었다. 우리는 그 못가의 풀밭에 앉아 있었다.

연잎이 가득한 그 연못에는 군데군데 분홍 봉오리도 있었다. 햇볕은 뜨거워도 푸른 벼를 스쳐온 바람, 연잎을 스쳐 온 바람이 시원했다. 하늘에는 흰 구름 조각이 사라졌다가 다시 나타나곤 했다.

우리는 나름대로 신앙에 대해서, 시나 소설에 대해서, 또 학교와 친구들, 선생님들에 대해서 끝없이 이야기하며 웃고 또 웃었다. 그는 노래도 아주 잘 불렀다. 죠스랑의 자장가를 좋아한다고 하며 몇 번이나 부르고 나에게도 가르쳐 주었다. 그 후 내가 시골 초등학교로 첫 발령을 받아서 가 있을 때도 그 친구는 내게 와서 한참씩 머물다 가곤 했다.

그러던 얼마 후, 그도 나도 결혼을 했다. 그의 남편은 그와 같은 기타동아리의 회원이었다. 친구는 매우 행복해 했다. 결혼 후에도 우리는 가끔 만났는데, 친구가 행복해 하는 것이 나는 참으로 기뻤다.

그렇게 몇 년이 지날 때였다. 친구의 얼굴이 흐려지려고 하는 것 같아 보였다. 하지만 그는 "조금 피곤할 뿐이야." 하면서 배시시 웃었다.

그러던 어느 날이었다. 도무지 전화를 받지 않았다. 궁금하여 알 만한 곳엔 모두 연락해 봤지만 모른다고들 했다. 친정집도 이사를 가 버렸다. 지난번 요양원에 가면서도 내게 말 했는데, 도대체 무슨 일로 그 착한 사람이 말없이 어디로 간 것일까. 또 요양원에 간 것일까.

나는 그의 남편을 찾아갔다. 그는 건장하고 인품이 매우 좋은 사람이었다. 친구가 결핵이라는 것을 알면서도 결혼한 사람이다. 반갑게 맞아 주었지만, 자기도 아내가 어디 있는지 모른다고 했다. 나는 그를 가만히 바라보았다. 고뇌의 그림자가 어리어 있다. 세월이 지나면서 여러 문젯거리가 나타났다는 것을 짐작할 수 있었다. 특히 젊고 건강한 그에게는.

그는 '세상은 모든 것이 많이 변했소, 또 변하고 있소, 인심이란 것도 그런 것 아니겠소?' 하고 말하는 것만 같았다. 다시 생각하니 그러한 남편을 바라보는 흰 연꽃같이 곱고 착하기만 한 내 친구는 스스로 조용히 어딘가로 자취를 감추어 버리지 않았을까 하는 생각이 들었다.

그 길로 오치동 연못으로 갔다. 연못 자리에는 한국 전력공사라는 큰 건물을 짓고 있고, 푸른 논이던 주위도 길을 내고 집 짓는 공사가 한창이다. 나는 그 여름 친구와 함께 보던 연못의 흔적이 남아 있는 곳이 있을까 하여 이리저리 걸어 보았다. 쓰레기가 쌓여 시궁창이 되어 있는 한구석에 연잎 두엇이 먼지에 덮인 채 갈기갈기 찢겨 있다.

나는 그 앞에 우두커니 서서 친구를 생각했다. 시인 발레리는 '신은 인간의 고독이 아직도 부족하다고 생각되어 반려를 주셨다.'고 말했다. 곁에 있으면서 늘 따뜻한 손으로 잡아 주던 사랑하는 사람으로부터 소외, 무시당할 때 얼마나 비참하고 참담했을까. 얼마나 절절히 외로웠을까.

그런데 어찌 나한테까지 한마디 말도 하지 않은 것일까. 아니야, 사랑이 진실할수록 깊을수록 그로 인한 아픔을 누구에게도 말할 수 없을 것이다. 더욱이나 연꽃처럼 순결한 내 친구는 결코 말하지 않을 것이다.

비가 오려는지 구름이 하늘을 덮고 석양이 구름 속에 희미하다. 친구는 어디 있을까? 어디로 갔을까. 내가 버스를 타고 돌아올 때는 비가 한 방울씩 떨어지는 어둑한 저녁이었다. 흰 연꽃 같은 친구의 얼굴이 떠오르고, 죠스랑의 자장가가, 그의 고운 목소리로 들려오는 것만 같았다.

차창에 한 방울 또 한 방울 떨어진 빗방울이 무수한 별처럼 반짝였다.

PART 2

하므이는 바보

. 1 .

벤자민 한 그루

아이들의 직장 가까운 곳에 십일 층 조그마한 아파트를 세
얻었다. 자취 보따리를 풀어 놓고 보니 바로 코앞이 20층 거대
한 아파트 동이다. 층층이 긴 콘크리트 난간, 그늘 짙은 벽에
촘촘히 늘어있는 어두운 작은 창들 볼수록 답답하다.

게다가 낮에는 바로 옆에서 새 아파트를 짓느라고 땅에 쇠
기둥을 박는 등 기초공사하는 굉음으로 귀가 아프다. 그래서
여름인데도 베란다의 창을 안팎 모두 꼭꼭 닫고 뒤창도 닫았
다. 앞뒤가 탁 트인 조용한 시골에서 살던 나로서는 답답하여
숨이 막힐 지경이다.

수련 받느라 종일 시달리고 온 딸을 위해 황, 백 프리지어

두 묶음을 사다가 화병에 꽂아 책상 위에 놓았다. 때로는 장미나 글라디올러스를……

딸은 아이비나 스킨답서스 같은 화분도 사왔다. 우리는 우리를 마른 오징어처럼 납작 눌러 버릴 것 같은 앞동의 거대한 회색 콘크리트로부터, 해면처럼 머리에 구멍을 숭숭 뚫어 버릴 것만 같은 공사장의 저 시끄러운 소리로부터 벗어나려고 애를 썼다.

어느 날 딸이 제 키만 한 벤자민 화분을 하나 샀다고 꽃집에서 배달해 왔다. 베란다에 놓고 거름을 사다 넣어 주고 늘 물을 주며 정성껏 가꾸었더니 이파리가 무성하다.

산처럼 생긴 수석 하나를 놓고 바라보며 방에 앉아 등산하는 사람이 있다고 들었는데, 우리는 벤자민 한 그루를 숲인 양 바라본다. 그 아래 쭈그리고 앉으며 "이 나무가 거목이다!" 하고 말하기도 한다.

하루 건축일이 끝나고 조용하면, 이 나무 곁에 서서 창을 활짝 열고 창밖 난간을 잡고 밖을 내다본다. 앞은 거대한 아파트로 꽉 막혀 있지만, 오른쪽은 저만큼 아파트 동과 동 사이로 먼 산이 조금 보인다. 봉우리에 석양의 잔영이 아직 남아 있기도 하지만, 이내 짙은 갈맷빛으로 어둠으로 덮인다.

그래도 좋은 차 한 잔 앞에 놓고 향기를 맡으며 담소하듯 우리는 희미한 그 산을 바라보며 이런저런 얘기를 한다. 그날 서로에게 있었던 사소한 이야기. 딸은 직장에서 있었던 일들을, 나는 시장에 가고 오며 또 물건을 사면서 있었던 일과 이웃에서 들은 얘기를 한다. 그리고 기회가 되면 저 산에 한번 가 보자고도 한다. 저 산에도 봄이면 진달래가 잔득 피고 가을이면 억새꽃이 만발할까? 그러면서 지난 날 가보았던 산이나 들에 대해서도 얘기한다.

왼쪽은 두 동 사이로 멀리 도시의 한쪽이 조금 보인다. 낮에는 새로 지은 아파트들로 희부연 한 사막 같지만, 밤에는 각색 불이 켜져 제법 화려한 도시 같다. 바라보면서 명동 같다느니 아니라느니 하고, 어느 날 저녁 늦은 시간에 한강 변을 달리면서 본 KBS 방송국과 그 근처의 불빛들이 얼마나 아름다웠던가를 얘기한다. 그러노라면 어느덧 시간이 가고 평안한 마음으로 잠자리에 든다.

그런데 요즈음 우리의 유일한 위안인 좌우 아파트 동 사이의 조그마한 그 시야를 차단하며 부쩍부쩍 새 아파트가 솟아오르고 있다. 11층이 되자 오른쪽 산봉우리의 꼭대기가 겨우 한 뼘 가량 남았다. 왼쪽의 도시는 완전히 가려지고 말았다.

요즘 건축은 규격에 맞추어 만들어 놓은 콘크리트 판을 타워크레인으로 들어 올려 척척 놓아 맞추기만 하면 되기에 빨리도 지어진다. 어떤 때는 타워크레인의 긴 팔이 바로 우리 아파트 앞에 쓰윽 왔다가 돌아서 간다. 마치 공상 만화영화에 나오는 무시무시한 기계처럼 나를 휙 집어가 버릴 것도 같다.

마침내 창을 열고 아무리 목을 길게 빼도 사방이 콘크리트 절벽이다. 아직 13층까지 올라갔을 뿐인데도 말이다. 20층까지 지어지면 어떻게 될까? 우리는 완전히 콘크리트 상자 속 깊숙이 갇히고 말 것이다.

이제 무엇을 보고 생각하며, 무슨 대화를 이끌어 낼 수 있을까? 바보상자라는 텔레비전이나 늘 보고 있어야 할까? 우리는 마주보고 얼굴을 찡그렸다. 그리고 바보처럼 한쪽 어깨를 추키며 비실비실 어설프게 웃었다.

벤자민 한 그루가 더욱 크고 싱그럽게 보였다.

. 2 .

꿀벌

아파트 십일 층 베란다에 내 키만 한 벤자민 한 그루가 푸르다. 곁에 의자를 놓고 앉아 있으려니 반소매 안이 따끔거린다. 작은 가시라도 든 것 같다.

팔을 움직여 보고 흔들어도 보다가 손을 넣어 찾아내려고 팔을 들자 몹시 아프게 찌르더니, 벌려진 소맷부리로 벌 한 마리가 기어 나와 윙 날아간다.

저런, 어쩌다가 좁은 소매 속으로 들어갔던 것일까? 잔뜩 긴장하여 나갈 길을 찾던 중 내가 흔들어 대는 통에 그만 놀라 힘껏 쏘고 달아난 모양이다. 쏘인 자리가 어딘지 모르게 그 근처가 온통 아프다.

손을 넣어 아픈 곳을 만지자 무엇이 붙어 있다. 떼어내 보니 파리머리만 한 번데기 부스러기 같은 것이다. 가시는 아닌데 이것이 무엇일까? 갸웃하며 버려 버렸다. 그리고 나를 쏜 그 놈을 찾아보았다.

베란다 한쪽에 쌓아 놓은 짐 보따리 위에 앉아 있다. 왕벌도, 등에도 아닌, 노란 빛을 띤 밤색의 꿀벌이다. 창을 열어 주며 날아가기를 권했지만 꼼짝하지 않는다. '좀 있다가 날아갈 모양이지.' 하고 다시 의자에 앉았다. 팔은 점점 더 아프고 붉게 부어 오른다.

내가 어릴 때 살던 시골 옆집엔 흙 담 옆에 짚으로 잘 싼 벌집이 있었다. 벌들이 그 벌집의 작은 구멍으로 부지런히 드나들었다. 근처의 산과 끝없이 넓은 들에 핀 많은 꽃에서 마음껏 꿀을 따 나르는 모양이었다.

그런데 이놈은 사방 아파트뿐인, 지금도 이쪽저쪽 새 아파트 짓는 공사가 한창인 이곳 11층까지 어쩌자고 날아왔는지 모르겠다.

실은 이곳도 얼마 전까지 만해도 꽃이 많은 산이고 들이었다. 그랬는데 어느새 그 산과 들이 모두 없어지고 이렇게 많은 아파트가 들어서자 어디로 가야 꿀이 있는 꽃을 찾을 수 있을지 방황하다가, 여기까지 날아온 것일까? 베란다에 예쁜 꽃이 피어 있는 집도 혹 있기에 그것이나마 찾아가다가 우리 집 베란다의 푸른 벤자민을 보고 꽃도 있겠다 싶어 들른 것일까? 훌륭한 집을 짓는 건축가처럼 설계한 앞날을 위해 애쓰는 젊은이들이 있다. 이 벌도 아름답고 멋있고 보람찬 앞날을 설계하고는 열심히 노력하는 중인 모양이다.

나를 쏜 벌이 아직도 거기에 앉아 있나 돌아보았다. 창은 푸른 하늘을 향해 활짝 열려 있다. 그런데 벌은 바닥에 떨어져 죽어 있는 게 아닌가. 아니 이럴 수가…… . 그러고 보니 아까 내 팔에 붙어 있던 번데기 부스러기 같은 것은 벌이 나를 쏜 침이 있는 꽁무니 쪽 몸의 한 부분이었던 모양이다.

나는 지금까지 살아오면서 어쩌다가 벌을 만나면 쏘일까 봐 피하기는 했지만, 벌을 미워하고 싫어한 적은 없다. 어릴 때부터 벌은 의롭고 성실하고 부지런한 매우 이로운 동물이라고 배웠다.

그런데 요즘은 시골에서 농약을 많이 쓰기에 벌이 많이 죽어 없어졌다고 한다. 그래서 꿀 생산량이 매우 적다고 한다. 과수원의 그 많은 꽃도 꽃가루를 날라 주는 벌이 부족하여 사람이 일일이 수분을 해야 될 형편이라고 한다. 그러니 얼마나 많은 시간이 걸리고 일거리가 많겠는가.

오늘 아침 벤자민에 물을 주다가 화분 속에 사는 작은 벌레

한 마리를 발견하고 몹시 반가웠다. 끝없는 사막처럼 콘크리트 아파트뿐인 이곳에서 용케도 이 작은 화분의 흙 속에 몸을 숨기고 살고 있는 그 놈이 어찌나 기특하게 보였는지 모른다. 하물며 벌을 죽일 생각이란 추호도 없었다.

나는 바닥에 떨어져 있는 벌의 사체를 내려다본다. 조금 전 의자에 막 앉았을 때, 제트기처럼 날아온 바로 그놈이다. 나뭇가지며 이파리 사이사이를 미끄러지듯 날다가, 날개를 편 채 공간에 멈추어 이쪽저쪽을 살펴보기도 하고 나무 주위를 돌며 위아래로 오르락내리락했다. 꿀을 품고 있는 꽃이 있나 살피는 모양이었다. 요정이랄까, 아이스 댄서랄까. 그 멋진 놈을 나는 한참이나 보고 있었다. 그랬는데 어느 순간에 내 소매 속으로 들어갔던 것일까.

팔은 점점 더 벌겋게 부어오르며 아파 온다. 더욱이 순식간에 땅에 떨어져 있는 벌의 주검 앞에서 마음이 심히 언짢다. 모두 다 내 실수인 깃 같다. 소매 속에서 따끔거리는 것이 벌인 줄 알았다면 나는 꼼지락도 하지 않고 통나무처럼 앉아 있었을 것이다. 그 속에 꿀이 없다는 것을 알고 살살 기어 나와 다시 날아가기를 기다렸을 것이다.

그런데 어쩌자고 그리도 쉽사리 작은 가시쯤으로 속단해 버렸는지 모르겠다. 또 그게 무슨 그리도 큰 아픔이라고 호들갑을 떨며 팔을 흔들어 댔는지 모르겠다. 안타까운 마음에 중얼 거려 본다.

"벌도 그렇지. 좀 놀라기는 했겠지만, 그렇다고 어쩌면 그리도 성급하게 극단을 부리느냐 말이야. 그러니 앞날의 설계가 아무리 아름답고 훌륭한들 죽어 버린 지금 무슨 소용이냔 말이야."

바람이 불자 얇은 날개가 일어나기라도 할 것처럼 움직이는 것 같다. 그리고 말하는 것만 같다.

"하늘은 지금도 맑지요? 바람이 살살 부나요? 날고 싶어요, 사랑하며 멋있고 아름답게 살고 싶어요."

나는 그만 얼굴을 돌려 멀리 창밖을 본다. 벌이 날아왔던 하늘은 그대로 푸르다.

. 3 .

아무 말도 못했다

　내가 맹장수술을 받은 이튿날이었다. 2인실에 누워 있는데 옆자리에 바싹 마른 안노인이 들어왔다. 78세라고 했다. 링거 바늘을 정강이에 꽂고 소변 자루의 줄을 늘이고 코에는 산소 호흡기까지 댔다. 중환자인 것 같았다. 그런데 그는 나를 왜 이렇게 얽어맸느냐고 하면서 밤새도록 자지 않고 몸살을 했다.

　이튿날 휠체어에 실려가 그 모두를 풀어 버리고 와서야 잠이 깊이 들었던 모양이다. "에그!" 하기에 돌아보니, 그가 자리에 오줌을 눠 버리고 하는 소리였다. 간호사가 와서 옷과 시트를 갈아 주고 갔다.

　그런데 얼마 안 있어 "에이그!" 하는 소리가 또 났다. 노인은 오줌이 자주 마려운데 못 참을뿐더러 혼자서는 침대에서 내려올 수도 없는 모양이었다. 거의 한 시간 간격으로 그러는 것 같았다. 하지만 그때마다 간호사가 오지 않았고, 노인에게 간병인은 물론, 찾아오는 가족도 없었다. 물그릇이나 수저, 휴지 한쪽도 없었나.

나는 그날부터 노인이 오줌이 마렵다고 할 때마다 부축해서 내려주고 올려주고 했다. 그는 쪼그리고 앉아 두 손으로 땅을 짚으며 앙금거리는 앉은뱅이였다. 비쩍 마른 노인의 조그마한 몸은 허깨비 같아 보이지만, 나도 이미 반백이 넘은 데다 이틀 전 수술을 받은지라 너무 힘이 들었다. 그래서 요강을 침대 위에 올려놓아 줬다. 하지만 약을 먹기 때문인지 냄새가 심하여 오줌을 누면 곧바로 요강을 들어내다 비워야 했다. 한 시간이 멀다 하고 누는 그 요강 심부름도 못할 일이었다 ·

생각 끝에 간병인용 낮은 침대를 노인의 침대 곁에 놔주었더니, 계단 삼아 어린아이처럼 엎드려서 용케도 잘 기어 오르내린다. 그러다가도 두세 번에 한 번은 미처 변소까지 가지 못하고 바닥에 눠 버리고 만다. 냄새가 진동했다. 나는 긴 복도 끝에 있는 청소용구 창고에서 밀걸레를 끌고 와 몇 번이나 다시 빨아 닦아 내곤 했다.

그뿐만이 아니었다. 물과 휴지도 계속 내가 줘야 했고, 식사 후 쟁반 내놓는 등 잔심부름도 내가 해야 했다. 노인에게 가족이 없느냐고 물었더니, 38살에 낳은 40세 된 딸이 하나 있다고 한다. 왜 오지 않느냐고 하자 "큰살림 하는 사람이 얼른 나올 수 있나요." 할 뿐이었다. 아무리 살림살이가 크고 바쁘기로 이럴 수가 있을까 싶었다.

사흘째 되는 날이었다. 점심 후 약을 먹으려는 참인데, 노인의 딸이라는 이가 왔다. 나는 그 여자를 보고 매우 놀랐다. 어제 노인이 바닥에 눠 버린 오줌을 닦기 위해 복도 끝에서 밀걸레를 끌고 올 때였다.

한 손은 손바닥으로 수술 자리에 대고 한 손으론 밀걸레를 끌고 구부정한 모습으로 걸어오는데, 대단히 매력적인 한 여자가 내 곁을 지나고 있었다. 늘씬한 키, 풀어헤친 긴 물결 머리, 장신구며 옷이며 무척 고급스럽고 멋있는 맵시, 매우 예쁜 얼굴, 나는 넋을 놓고 바라보았다. 그랬는데 그가 바로 냄새나고 심란한 이 노인의 딸이라니. 어제는 왜 이 병실 앞을 지나면서도 어머니가 있는 이 방에 들어오지 않았을까.

그는 아무 말 없이 노인의 침대 곁 의자에 다리를 꼬고 앉아 있고, 노인은 큰살림한다는 딸을 대견스럽게 바라보며 연방 웃고 있다.

그러면서 노인이 항상 그랬듯이 약을 먹기 위해 내 물병을 건너다보았다. 마침 물이 조금 뿐이기에 나는 병째 노인의 침대 위로 건네 놓으며 그 여자에게 "약 드신 후 떠다 놓으세요." 했다. 그런데 그는 내가 노인에게 물을 따라 줬던 종이컵 하나를 달랑 들고 밖으로 나가 물을 가져다가 어머니에게 주는 것이 아닌가. 그리고는 바로 나가기에 휴지나 물병이라도 사러 가나 했는데, 돌아오지 않고 말았다.

기가 막혔다. 다시는 이 노인을 위해 아무것도 하지 않으리라는 생각이 들었다. 그러나 막상 바닥에 오줌을 누면 고약한 그 냄새를 내가 견딜 수 없고, 노인이 물이 필요한 것을 알면서 안 줄 수 없었다. 그러기에 그 후로도 나는 끊임없이 노인의 오줌을 닦아 내고 심부름을 할 수밖에 없었다.

'왜 딸이 안 옵니까? 간병인이라도 두셔야지요.' 그렇게 말하고 싶었지만 그리 못한 것은 저 초라하고 불쌍한 노인에게 부담만 더해 줄 뿐이라고 생각되었기 때문이다. 그래서 딸이 오기를 기다렸다. 그리고 무슨 말로 따끔하게 해줄까 궁리를 했다.

그런데 이튿날 오지않고 그다음 다음날에야 그가 나타났다. 역시 멋있는 모양에 예쁜 얼굴이다. 그리고 그동안 여러 날을 내가 자기 어머니의 시중을 들었다는 것을 뻔히 알 텐데, 인사는커녕 나를 본 척도 하지 않는다. 감히 큰살림 하는 자기에게 심부름을 시키려 했던 불쾌한 사람이라고 생각하는 것일까?

그는 노인을 향해 노인의 침대 머리맡에 뻗대고 서 있다. 마치 불만 가득한 빚쟁이처럼. 그럼에도 노인은 딸을 쳐다보며 연방 웃고 있었다. 나는 화가 치밀었다. 도대체 이런 인간들이 있을 수 있을까? '이보시오, 자기 어머니를 누구에게 맡기고…….' 하는 말을 서두로 마구 쏟아져 나오려고 했다.

그런데 이 여자는 고집스럽게 뻗대고 서 있는 것이 아닌 것 같았다. 세워 놓은 뿌리 없는 나무처럼 그냥 서 있는 것 같았다. 뒤통수 뒤로 멀리 달아나 버린 상념을 좇아 헤매는 듯 안으로만 깊은 멍한 시선. 며칠 전 내가 복도 끝에서 밀걸레를 끌고 올 때, 그가 이 방 앞을 지나쳐 버린 것도 조금은 짐작할 수 있을 것 같았다.

전날 노인이 잠들었을 때 찾아온 노인의 조카라는 이의 말이 생각났다. 자기 이모는 늦게 낳은 딸 하나를 너무 애지중지 떠받들어 길렀기에 그 딸이 도무지 사람 구실을 못 한다고 했다.

이모가 이모부에게서 물려받은 큰 빌딩도 딸이 없애 먹어 버려서 이모는 지금 조그마한 셋집에 살면서 겨우 남은 기천만 원을 은행에 넣어 놓고 그 이자로 근근이 살아간다고 했다. 그렇건만, 딸은 그것마저 빼 쓰지 못해 안달이라고 했다. 얼마 전 이혼을 하고 어머니한테 와 있으면서 이 병원에 입원한 적이 있는데, 그때 노인이 정신없이 허둥대다가 멀쩡한 다리를 부러뜨려 저 모양이 되었다고도 했다.

나는 몹시 가슴이 답답해 오는 것 같았다. 40대라면 눈비 폭풍과 맞서서 지리산의 느티나무처럼 굳센 거목이 되어 있어야 하건만, 노인은 지금도 딸이 찬 비 한 방울, 찬바람 한 올 맞지 않도록 막아 주며 보호하고 있는 것이 아닐까. 그래서 딸이 아직도 묘판에 있는 묘목처럼 저리 약하고 여리기만 한 것이 아닐까.

노인은 어제 문병 온 사람이 가지고 온 파인애플 통조림을 내놓으며 딸에게 먹자고 했다. 딸은 노인의 침대에 걸터앉으며 지금까지 화장하는 일 외에는 아무것도 해본 것이 없는 듯 무척이나 곱고 예쁜 손으로 통조림통을 노인 앞으로 밀어 놓았다.

노인은 뼈뿐인 작은 손으로 힘이 없어 떨면서 그 통을 붙들고 따려고 애를 쓴다. 딸은 어머니가 하는 것을 그저 바라만 보고 있다. 노인은 사랑스럽고 대견한 듯 딸을 쳐다보고 연방 웃으며 겨우겨우 조금씩 따고 있다.

나는 그 광경을 보면서 한숨과 함께 현기증이 일 것만 같았다. 그리고 그들 모녀에게는 아무 말도 못하고 말았다.

. 4 .

하므이는 바보

두 손녀가 다섯 살, 세 살 때였다. 내가 아이들 집에 들어서면 아이들이 쫓아 나와

"하므이, 하므이" 하며 매달린다. 두 아이를 번갈아 안아주고 '두부사려' 해주고 목마도 태워 주고 한참을 그러고 나면 어깨가 축 늘어진다. 그래도 아이들은 계속해서 매달리며,

"함니 숨바꼭질하자, 함니 사냥꾼 놀이하자, 공주님 놀이하자." 끝이 없었다.

어떤 때는 내가 말이 되어 아이들을 번갈아 등에 태우고 엎드려 네 발로 긴다. 줄넘기 줄을 내 뒷목에 걸고 둘이 한쪽씩 잡고 뛰면서 나를 강아지라고 한다. 나는 줄이 목에서 빠져나

가지 않도록 머리를 최대한 뒤로 젖히고 '멍멍' 짖으며 네 발로 기어 따라다닌다. 그래도 나는 무척 재미있는데, 어쩌다 저희 아빠 엄마가 보면,

"저런, 할머니한테 그러는 거 아니야, 할머니한테 그러면 못써-," 웃음을 참으며 엄한 얼굴을 지어 보인다. 나도 멋쩍게 웃으며,

"가자, 그만하고 저리 가자," 하고 저희 아빠 엄마가 안 보는 곳으로 가서 놀이를 계속한다. 내가

"아이고 허리야, 아이고 다리야" 하면서 소파에 누워

"할머니는 여기도 아프고 여기도 아프고 또 여기도 아파서 더 못 하겠다." 하면, 둘이 서로 그 자리를 주무르겠다고 고사리 손으로 곰작곰작 야단들이다.

"아이고 시원해, 아이고 시원해!" 하면, 신이 나서 더 열심히 한다.

어떤 때는 내가 저희 말을 잘 못 알아들을 때가 있다. 그런 때는 으레 내가

"할머니가 잘 모르고 그랬어. 할머니는 바보지?" 한다. 그러면 "으응, 하므이는 바보야." 한다.

"할머니는 멍텅구리지?" 하면

"으응, 하므이는 멍텅구리." 한다. 내가

"또?" 하면

"하므이는 바보"

"또?"

"멍텅구리."

"또?"

"응가(똥)."

"또?"

"시(오줌)-."

"또?"

"이놈-,"

"또?"

"맴매,"

"또?"

"지지,"

제가 아는 말 중 안 좋다 싶은 것은 모조리 할머니라고 한다. 그래도 예쁘고 그 소리가 듣기 좋아서 나는 자꾸만 '또?', '또?' 한다.

한번은 다섯 살짜리는 유치원에 가고 세 살짜리 혼자서 심심했던 모양이다. 장난감과 인형을 모두 내다 늘어놓고는 제 언니하고 놀던 버릇대로,

"하므이 하나 잰이 하나, 하므이 하나 잰이 하나……."

그렇게 모두 나누었다. 나는 내게 준 장난감을 모두 바구니에 담아 안고 "이것은 할머니 거지?" 하자, "으응." 하며 고개를 끄덕인다.

"이것은 할머니가 할머니 집에 가면서 가지고 간다−." 하고 냉장고 위에 높이 올려놓았다. 그러자 그것을 달라고 조른다.

"저것은 재은이가 할머니 줬으니까 할머니 거야." 했더니 아무 말 않고 돌아가 조금 놀다가 와서 또 달라고 한다. 또 안 된다고 하자 의자를 끌어다 놓고 올라가 본다. 하지만 키가 닿지 않자 내려와서 한참을 가만히 생각하더니 이 커다란 할머니를 저 혼자서는 해볼 수 없다는 생각이 들었던 모양이다.

"아빠하고 엄마하고 언니하고 잰이 하고 하므이 이놈! 하꺼야!" 하며 나를 똑바로 바라본다. 내가 고개를 좌우로 연방 저으며,

"안 무서워, 할머니는 하나도 안 무서워." 했더니 조금 있다가 다시 와서 울먹이며

"아빠하고 엄마하고 언니하고 잰이 하고 하므이 맴매 하꺼야!!" 하며 나를 야무지게 쳐다본다.

이 쪼끄만 사람 마음에도 그 네 사람이 제 식구고 제 편이라고 생각되는 모양이다. 그 네 식구라면 할머니를 해볼 수 있다

고 생각되는 모양이다. 그리고 그 순서도 틀리지 않고 꼭 제대로 말한다. 어찌나 똘똘하고 귀엽고 당차고 예쁜지…….

내가 어렸을 때 오후 5시 어린이 라디오 방송시간이면(당시는 텔레비전이 없었음) 〈똘똘이와 복남이〉라는 프로그램이 있었다. 두 어린이가 얼마나 똑똑하고 지혜롭고 또 용감한지, 도둑도 잡고 악당도 물리치곤 했다. 그래서 어린이들은 그 시간을 기다렸다가 재미있게 듣곤 했는데, 그 아이들보다 훨씬 어린 세 살짜리 우리 손녀가 그 애들보다 더 똘똘하고 영특하고 야무지다. 올려놨던 것을 모두 내려주고는 재은이를 꼭 안고 흔들었다. 그러면서

"아빠하고 엄마하고 언니하고 잰이 하고 하므이 맴매하면 하므이 무서워. 하므이 아야 해." 하며 응응 우는 시늉을 하자 내 얼굴을 들여다보며 그 쪼끄마한 손으로 자꾸 내 얼굴을 쓰다듬는다.

한때 친구들이 만나면 서로 손주 얘기를 하려고 야단들이었다. 그래서 손주 얘기할 사람은 만 원씩 내고 하기로 했다. 그래도 만 원을 선뜻 내면서 하겠다고들 했다. 얼마나 손주가 귀엽고 손주 자랑을 하고 싶으면 그랬을까. 나도 예외가 아니었다.

그랬는데 요즘에는 내가 무릎이 아파서 아이들 집엘 자주

못 간다. 아니, 전혀 못 간다. 더구나 그 집은 엘리베이터가 없는 저층 아파트의 5층이기 때문이다.

그래서 아이들이 내 집에 와야만 볼 수 있는데, 요즘은 통 오지 않는다. 학교에 가랴, 학원에 가랴, 또 무슨 시험 보러 가랴, 매우 바쁘다고 한다. 일요일이라든가 하루 쉬는 공휴일은 아예 기대도 하지 않지만, 며칠간의 연휴라도 다가오면 "이번 연휴에 올래?" 하고 딸에게 전화로 묻는다. 그러면 "아이들한테 물어보고요." 한다. 그 다음날

"아이들이 바쁘대요, 무슨 무슨 일이 있대요." 또는

"시험공부 해야 된대요." 등 못 온다는 대답이다.

아이들이 온다면 집안도 치우고 시장에도 가고 또 아이들 먹을 것이라도 만들고 하느라 꽤 일거리가 많다. 그래도 오지 않는다고 하니 섭섭하다.

'아이들이 언제 왔더라?' 하며 달력을 보고 손가락을 꼽아 본다. 지난번엔 한 달이 넘는 긴 여름 방학인데도 여행 간다, 세미나에 간다, 학원에 간다 하면서 오지 않고 말았다. 연휴가 나흘이나 되던 추석에도 잠깐 와서 겨우 점심만 먹고 학원에 가야 한다며 서둘러 가 버렸다.

얼마 전까지만 해도 아이들이 우리 집에 오면 이 방 저 방 마구 뛰어다녔다. 숨바꼭질한다고 장롱 속에도 들어가고 냉장

고 문을 부리나케 여닫곤 했다.

그런데 언제부턴지 근래에는 얌전히 소파에 앉아 냉장고도 열지 않고 주는 것만 먹는다. 나는 저희가 온다면 뭐 하나라도 좋은 것으로 사 놨다가 주면서 "다 먹고 냉장고 속에 또 있으니 내다 먹어라." 하고 말까지 했는데도.

그리고 나는 어서 가야 한다는 저희 밥해 먹이느라 바삐 서두르다가 아이들이 돌아간 후에 보면 냉장고 속에 그대로 있다. 매우 섭섭하다.

오늘은 월요일 개천절이다. 토요일부터 사흘이나 공휴일인데도 아이들이 오지 않는다. 앞으로는 아이들 오는 횟수가 더 줄어들 것이다.

나는 혼자 앉아 "하므이는 바보", "하므이는 응가", "하므이는 이놈!" 하고 되뇌어 보며 웃는다.

. 5 .

산책길에서

오후, 바람을 쐬려고 집에서 가까운 공원으로 향했다. 햇볕이 멀고 밤엔 차렵이불을 펴야 하는 요즘이지만, 산은 한여름보다 더 짙다.

숲으로 들어서자 벌레 소리가 요란하다. 풀밭뿐 아니라 오리나무, 참나무 등 하늘을 가린 울창한 저 높은 곳에서도 울어댄다. 그런데 몇 그루 아카시아나무는 왜 이렇게 일찍 잎이 모두 져 버린 것일까? 앙상히 서 있는 사이로 맑은 햇살이 환히 비쳐들고 높은 가지에 남은 두세 이파리 중 하나가 떨어져 천천히 내려온다. 풀 위나 흙바닥에 모여 있는 노르스름한 얇고 작은 동그래한 잎들이다. 말라 비틀리고 우그러진 것도 있다.

그 옆을 천천히 걸어 다시 숲 속으로 간다.

언덕을 가려니 네모반듯한 커다란 돌과 손도 귀도 떨어져 나간 돌사람이 아무렇게나 쓰러져 반쯤 흙과 풀에 묻혀 있다. 아예 묻히고 머리 한편과 어깨가 조금 남은 것도 있다.

어느 귀한 댁의 소중한 석물(石物)이었겠지만, 얼마나 많은 세월이 지난 것일까. 지금은 사람들이 모두 이것들을 발판 삼아 딛고 간다. 얼마 전 우리 문중 산소에도 비석을 몇 세웠는데, 오랜 세월이 지나면 이렇게 되지 않을까?

등성이를 지나 긴 능선을 따라가면 여러 가지 운동기구가 설치되어 있고 군데군데 벤치도 있다. 이른 아침에는 운동하러 나온 많은 사람으로 붐비지만, 지금은 두세 명의 노인이 벤치에 앉아 장기를 두고 있다. 나는 저만치 혼자 앉았다.

개 한 마리를 데리고 온 소년 네댓 명이 떠들며 운동기구에 뛰어오르기도 하고 매달려 보기도 하며 지나간다. 까치 한 마리가 내 앞 저만치 땅에서 팔짝팔짝 뛰다가 날아가 버린다.

저기 능선 언덕배기 한쪽은 누가 그 무성한 풀을 조금 베다 말았을까. 석양이 어른거리는 동굴 같아서 을씨년스럽다. 고향 시골에서는 하늘이 높고 들에 벼 익는 내 구수하면 논둑, 밭둑, 언덕과 산기슭 풀을 모두 깎아 한쪽에 수북이 쌓는다.

그리고 추수를 시작한다. 추수 전 그렇게 깨끗이 풀을 깎아 쌓는 것은 풍요로운 추수를 감사함으로 정결하게 맞으려는 것이고, 또 다음 해의 풍년을 약속받기 위함일 것이다. 그런데 지금 내 마음에는 풀을 깎아낸 저곳으로 매운바람이 거침없이 불어들 것이라고만 생각된다.

그래서인지 숲이 이토록 짙건만 한여름 생기를 내뿜고 있는 것 같은 싱싱함이 아니다. 윤기는 가시고 안으로 위축된, 그러기에 더욱 안간힘을 쓰고 있는 듯하다. 그러한 숲은, 어쩌면 미물인 벌레처럼 저리도 극성스럽게 소리치지 않지만, 아픔을 견디면서까지 흰 머리에 굳이 검은 물을 들이겠다는 마음과 공통점이 있는 것이 아닐까?

나는 벌써 여러 해째 머리에 염색을 해오고 있다. 머릿속이 가렵고 따끔거리기도 하고 어떤 이의 말대로 시력이 나빠지는 것도 같다. 하지만 내일은 손꼽아 기다리는 모임 날인데 머리가 이토록 하얘서야. 지난번 모임 때 이렇게 하얀 채 갔더니 친구들이 자기들까지 파파노인으로 보인다고 야단들이었다. 그래서 오늘은 일찌감치 염색을 했다. 바람도 없는데 소슬하다. 나는 일어서서 다시 걷는다.

저만큼 앞 하늘이 트인 능선 끝은 내리막이다. 좁은 오솔길을 내려가면 거기에는 약수터가 있다. 마침 깨끗이 차린 안노인 서너 명이 약수터에 갔다 오는 것일까, 환히 웃으며 걸어온다. 모두 상노인(上老人)으로 보인다.

손과 어깨가 들먹이는 것이 춤을 추며 노래를 부르는 모양이다. 멀어져 가는 맑은 가을 햇살 속에 노인들의 기교 없는 작은 움직임, "우리도 청춘이 엊그제 같은 데에, 언제 다 가버렸느냐 아, 어디로 가버렸느냐 아…….."

노래인지 말인지 흥얼거리는 이들과 가까워지면서, 이미 이들과 마음이 어우러져 있는 나는 그들을 미소로 바라보며 나도 모르는 사이에 불쑥 "저어-기, 저 산 너머로-"하며 손을 들어 먼 산을 가리켰다.

그러자 노인들이 갑자기 춤과 노래를 멈추고 모두 휙 돌아서서 내 손이 가리키는 곳을 바라보는 것이 아닌가. 정말로 거기에 한여름의 숲과 같은, 영롱한 보석과 같은 그들의 젊은 날들이 머무르고 있는 듯.

바라보는 그 표정과 눈빛들이 너무도 진지하다. 가볍게 지껄였던 나는 그만 무안하고 당황스러워 노인들을 돌아보지 못하고 그대로 먼 산만 바라보았다. 그 산 위에는 햇빛에 비친 은빛 흰 구름 두어 송이가 떠 있다.

그런데 그 구름은 환히 웃고 있는 노인들의 모습인 것만 같다. 바라보고 있으려니 구름은 점점 멀어지면서 노인들의 모

습도 흩어진다. 하지만 환한 미소만은 언제까지나 그 하늘에
남아 있는 것 같다.

약수터에서

요즈음 수돗물은 상수원 오염으로 그냥 마실 수 없다고들
한다. 끓이면 된다는 것도 옛말인 모양이다. 정수기를 사는
이, 생수를 주문하는 이, 약수터에서 손수 물을 길어오는 이도
있다. 내가 서울에 와 보니 자취하는 우리 아이들도 생수를 사
먹고 있다. 마침 멀지 않은 곳에 약수터가 있다기에 나도 물통
을 하나 사 들고 찾아 나섰다.

약수터는 산비탈 아래 좁은 골짜기 안에 있었다. 그리고 그
샘으로부터 수많은 하얀 물통이 길게 늘어서 있다. 젊은이도
있지만, 대부분이 노인들로서, 통 옆에 서거나 여기저기 돌이
나 풀 위에 우두커니 앉아 있기도 하고 졸기도 한다. 인형을

안고 할머니 등에 이마를 비비며 집에 가자고 조르는 네댓 살쯤 된 소녀도 있다. 그리고 샘가에는 많은 사람이 빽빽이 모여서 있다.

그 무리를 비집고 겨우 들여다보니, 시멘트로 된 조그마한 굴이 있고 그 안쪽 벽에 수노꼭지가 하나 있는데, 조심스럽게 참기름을 나누듯 가는 물줄기가 안타깝게 흘러내리고 있다. 물이 저렇게 나와서야, 어느 세월에 저 많은 통이 모두 물을 받고 나도 받아갈 수 있을지 모르겠다. 산허리를 잘라 길을 내고 한 자락은 깎아 아파트를 지으면서부터 이 모양이라고 했다.

내가 맨 끝에 통을 놓자, 어떤 이가 내 통이 너무 크다고 한다. 사실 거기 줄 서 있는 통들은 거의 같은 모양의 조그마한 것들이다. 나는 머리를 끄덕이며 미안한 기색으로 서 있었다. 아침에 왔다는 노인도 있고, 세 시간 전에 왔다는 이는 앞으로 스무 통만 받으면 자기 차례라고 하면서 나더러 밤중에나 받겠다고 한다. 스무 통을 받으려면 얼마나 많은 시간을 기다려야 하는 것일까? 한 젊은 여자가 숨차게 뛰어오더니 "여태 여기야?" 하고 소리친다. 통을 줄 세워 놓고 가서 한참이나 집안일을 하고 왔는데 아직도 자기 통이 샘에서 먼 모양이다.

"담배 피우는 사람이 약수터에는 왜 왔노!" 샘가 밀집한 가운데서 여자의 깐깐한 목소리다. 구부정한 남자 노인이 그 무리에서 나와 천천히 몇 발 걷다가 서서 양 볼이 홀쭉하게 담배를 빨고는 허공 멀리 뿜어낸다. 저만치 짓고 있는 아파트와 깎아낸 붉은 언덕 사이를 향해 연기가 흩어져 간다. 그 너머로는 최근에 지었다는 아파트가 아득히 멀리까지 많기도 하다. 여름날 오후의 강렬한 햇볕을 받아 하얀 사막 같다.

"얼른 받아라. 어찌 그리 꾸물거리노?"

"빨리빨리 대라."

"아까운 것 다 버리지 않나!"

"······."

이런 때를 위해 여기 오래 서서 기다리고 있었다는 듯, 너도나도 한마디씩 샘 근처가 소란스럽다. 그 속에서 한 사람이 물이 가득 채워진 통 하나를 들고 나온다. 다음 차례의 사람이 물 받는데 서툴렀던 모양이다. 이런 때 말대꾸를 했다가는 큰일이 벌어질는지도 모른다.

드디어 앞에 선 통 몇 개가 조금 움직였다. 앞으로 약간 당겨진 것이다. 그리고는 그뿐. 그 소란통에 이제는 우리가 물을 받나 보다 하고 생각했던 것일까? 할머니를 조르던 아이가 아직도 저의 통이 그 자리인 것을 보며 울음을 터뜨린다.

그것을 보면서 나는 내가 저 소녀만 했을 때를 생각했다. 마을 앞에는 온 동네가 다 먹는 네모 반듯한 커다란 우물이 있었다. 어떤 때는 나물거리를 씻는 이, 빨래하는 이, 논밭에서 일하고 돌아가는 길에 들러 연장과 손발을 씻는 이도 있었다. 몇 사람이나 물동이를 우물 전에 놓고 얘기하며 함께 두레박질을 하기도 했다. 그래도 샘물은 단 한 바가지도 떠낸 것 같지를 않고 그대로였다.

두레박줄은 한 발도 안 되지만, 물 깊이는 두 발이 훨씬 넘는다고 할머니는 나에게 샘을 넘겨다보지 말라고 하셨다. 하지만 조용한 낮이면 나는 동무들과 함께 발꿈치를 세워 우물 전에 턱을 걸고 조심조심 들여다보았다. 다리가 떨리도록 어마어마하게 많은 물, 그 맑은 물에 우리들의 얼굴이 비치고, 하늘과 구름이 잠겨 있었다. 자세히 보면 하얀 샘 바닥과 밑에서 물이 솟는다고 하는 짙게 이끼 낀 바위도 보였다.

겨울에는 김이 오르고 여름에는 이가 시리고, 샘 앞 도랑에는 그 샘으로부터 새나온 맑은 물이 항상 흐르고 있었다. 우리는 그 도랑에서 풀각시 머리를 감기며 놀았었다.

지금은 그 샘도, 샘물을 모아 주던 마을 뒷산도 없어졌다. 또 그 산 넘어 울릉촌 마을 사람들 모두가 바가지로 퍼서 먹고 쓰던 울창한 대밭 아래 항상 맑은 물이 넘치던 커다란 바가지 샘도 그 대밭도 없어졌다. 모두 깎이고 메워져 학교가 되고,

아파트단지가 되었다.

그래서 지금의 나에게 그 모두는 아름다운 추억으로 남아 있다. 그 추억은 언제나 나의 마음을 기쁘고 즐겁게 한다. 훈훈하고 풍요롭게 한다.

그런데 저 소녀는 내가 어릴 때 집 앞 맑은 물이 어마어마하던 그 샘을, 울릉촌 대밭 아래 항상 맑은 물이 넘치던 그 커다란 바가지 샘을 상상이나 할 수 있을까?

생수 한 통을 받으려는 할머니를 따라와 무더운 여름날 줄을 서서 지치도록 오래 기다려야 하는 오늘의 현실. 저 소녀가 나만큼 나이가 들었을 때 생각나는 샘이란 오늘 본 메마른 이 약수터일까? 그때는 또 물 사정이 어떠할지 모르겠다.

내 뒤로도 빈 통이 계속해서 길게 길게 꼬리를 잇고 있다.

. 7 .

옆집 새댁

아이들이 복도식 조그마한 아파트에서 자취하고 있을 때다. 나는 시골에서 자주 올라와 아이들을 돌봤다.

그때 새로 이사 온 옆집 새댁은 나를 보면 상냥히 웃으며 인사를 했다. 나 없을 때 우리 딸애한테 "어머니 인상이 참 좋으셔요." 하더란다. 나는 칭찬을 받을 만큼 그렇게 인상 좋은 사람이 결코 아닌데. 그들이 이사 온 며칠 후였다. 음식 장만하는 냄새가 종일 진동하더니 저녁에는 많은 사람으로 시끌벅적했다. 집들이하는 모양이었다. 그 많은 사람이 피워댄 담배 연기가 방에 차서 넘친 것일까, 열어놓은 복도 쪽 우리 창으로 내가 가장 싫어하는 그 담배 연기가 들어왔다. 그래서 창을 닫

앉다. 그런데 이튿날 저녁에도 또 그렇게 많은 사람이 모이고 담배 연기가 우리 집으로 들어왔다. 창을 또 닫았다.

구내 슈퍼마켓에 가려고 현관문을 열자 한 젊은 남자가 우리 집 복도의 난간에 바짝 붙어 밖을 향해 서 있었다. 운동복에 슬리퍼를 신은 것으로 보아 옆집 젊은이가 손님을 접대하다가 잠깐 바람을 쐬는 모양이었다.

나는 무심코 저만큼 걸어가 엘리베이터를 기다리면서 '그런데 왜 우리 집 복도에 서 있지?' 하는 생각이 들어 돌보았다. 그런데 그는 거기 서서 담배를 피우고 있는 것이 아닌가. 그러니까 어제부터 우리 집에 들어온 담배 연기는 그가 거기 서서 피운 연기였나 보다.

순간 나는 화가 버럭 났다. "저런 못된!" 지금 그 집에서 부르는 노랫가락으로 보아 무식한 사람은 아닌 모양인데. 당장 되돌아가 다부지게 한마디 해주고 싶은 마음이 굴뚝같았다.

그런데 어쩌자고 나는 이토록 마음이 약한 것일까. 시비하기 위해 내 발이 되돌아가 주지를 않으니 말이다. 때마침 엘리베이터의 문이 열려서 그냥 내려갔지만, 슈퍼에 가서도 그에게 아무 말도 못 해준 것이 속상했다. 돌아가서 따끔하게 한마디 해줘야겠는데 뭐라고 말해야 할지 마음에 짐이 되었다. 물건도 사는 둥 마는 둥 빨리 돌아왔다. 그러나 그는 이미 그 자리에 없었다.

"왜 남의 집 앞에 와서 담배를 피우는 거야? 담배 연기가 나쁘다는 건 아는 모양이지!"

방에 들어와 자기들 떠드는 소리에 들리지도 않겠지만, 아무튼 나는 들을 테면 들으라고 혼자 떠들어댔다. 그가 내 소리를 들었다면 '손님들이 계셔서 그랬는데 그쯤 이해하지 못하고, 속 좁은 사람이구먼.' 하고 생각했을 것이다. 그랬는데 나를 인상 좋다고 하며 늘 웃고 인사를 하다니. 요즘은 오히려 내가 미안해져서 미소를 보낸다.

내 친구 중 효부 상을 받은 사람이 있다. 그 시어머니는 며느리가 해드리는 것은 무엇이건 "고맙다" 하며 받으시고, 먹을 것이라면 입에 넣기도 전부터 "맛나다. 참 맛나다. 같이 먹자." 하시고 또 시장에서 변변찮은 옷이라도 사다 드리면 "좋다, 무늬도 색도 참 좋다." 하시며 입고 나가서는 우리 며느리가 사 왔다고 자랑을 하신다고 한다.

며느리가 아파서 누워 있으면 맛있는 것을 머리맡에 놓고는 곁에 지켜 앉아 "어디가 아프냐? 여기냐? 여기냐?" 하고 팔다리를 주물러 주며 "어서 나아라. 나는 너 아니면 못 산다 잉" 하신다고 한다. 그러니 어느 며느리가 그 시어머니에게 잘하지 않겠는가.

며칠 전, 아파트 앞에 나갔더니 젊은 여자들 서너 명이 서서 이야기를 하고 있는데, 그중 한 사람이 나에게 웃는 얼굴로 인사했다. 나는 '왜 저이가 내게 알은 채 할까?' 하다가 다시 보니 외출복을 곱게 차려입은 옆집 새댁이었다. 그제야 나는 미소를 지으며 얼른 머리를 끄덕했다. 그때 같이 있던 여자들이 나를 바라보았다. 어쩌면 그들이 미안해하는 나를 인상 좋은 사람이라고 했을까?

오늘 낮에는 외출하려고 버스정류장 쪽으로 가는데, 저만치 앞에서 옆집 새댁이 외출로부터 돌아오고 있었다. 나는 그를 향해 미소하며 다가가는데, 그는 나를 못 알아본 모양이었다. 그런데 가까워졌을 때 보니 아뿔싸, 그는 옆집 새댁이 아니지 않은가. 내가 잘못 보았던 것이다. 나는 모르는 사람에게 미소한 것이 미안했다. 그런데 그는 그제야 내가 자기에게 아는 체한다는 것을 알고 내 실수를 이해한다는 것일까, 아니면 같은 동네에 살면서 언젠가 한두 번 봤던 나이 지긋한 사람인데 몰라봐서 미안하다는 것일까, 미소로 목례한다.

어쩌면 저 여자도 나를 인상 좋은 사람이라고 하는지 모르겠다. 만일 그런다면 그것은 분명 내가 좋은 사람이 아니고 옆집 새댁이 마음씨 고운, 인상 좋은 사람이기 때문이다. 효부상은 며느리가 받았지만 실은 그 시어머니가 좋은 사람이었듯이.

.8.

흙 마당

나는 가끔 중앙로에 있는 원각사 앞을 지난다. 이 절은 길에 면한 퇴색한 작은 맞배지붕 아래 두 짝 송판 대문이 항상 닫혀 있다. 그러기에 그 앞을 지나면서도 거기에 절이 있다는 것을 별로 의식하지 않는다. 어쩌다가 '圓覺寺'라는 간판을 보면 '이 렇게 번잡한 도시 가운데에도 절이 있어?' 할 뿐이었다.

그런데 한번은 그 문 앞에 우뚝 멈추어 서고 말았다. 무슨 행사라도 있었던 것일까, 대문이 활짝 열려 있고 그 대문 안에 깨끗하고 넓은 흙 마당이 햇볕을 받아 은빛으로 환히 빛나고 있기 때문이었다. 눈이 부셨다. 순간 나는 '우와!' 하고 탄성을 했다.

어디를 둘러보아도 높고 낮은 회색의 콘크리트 빌딩과 거무죽죽 어두운 아스팔트길뿐인 이 도시, 무수히 자동차가 달린다. 골목 안에 주택들이 있지만 마당은 거의 없다. 조그마한 마당이 있더라도 블록을 깔거나 시멘트를 발라 버리기 일쑤다. 우리 집도 청소하기 편하다는 이유로, 남들이 하니까 우리도 해야만 원자문명시대에 낙오자가 되지 않기라도 할 것처럼 작은 흙 마당을 콘크리트로 덮어 버린 지 오래다.

그런데 지금 내 앞에 은빛으로 환히 빛나는 넓은 흙 마당을 보는 순간, 오랜 땅속 생활 탓에 눈이 퇴화해 버린 두더지 같다고나 할까, 긴 도시 생활에 콘크리트나 아스팔트처럼 굳어 버린 답답한 가슴이 확 풀리며 온몸에 싱그러운 기운이 되살아나는 듯했다.

마당가의 나무와 화초도 우리 집 콘크리트 가운데의 한 뼘 흙에 서 있는 것과는 달랐다. 훨씬 생기 있고 고와 보였다. 대웅전 처마의 단청도 흙 마당의 맑은 빛을 받아서 유난히 청아하고 아름다웠다.

오래전 내가 불국사에 처음 갔을 때다. 입구에 들어서자 수면 같은 넓은 흙 마당이 은가루나 은모래를 깔아 놓은 듯 어찌나 맑고 깨끗한지 한참을 서서 바라보았다. 그 흙 마당은 청운교 연화교로부터 불국사 모두를 잘 받들어 안은 귀한 보배 함이라고 생각되었다. 그 흙 마당이 있기에 단청과 기와지붕, 둘러 있는 푸른 산까지도 더욱 아름다운 것이라고 느꼈다.

내가 어릴 때 살던 시골집도 흙 마당이었다. 아침잠에서 깨어나 방문을 열면 제일 먼저 보는 것이 언제나 맑고 환한 흙 마당이었다. 하루의 첫 시간에 그 흙 마당을 보는 것은 그날도 그 흙 마당처럼 맑고 밝은 그리고 평화롭고 복스러운 날이 되라는 예언이고 축복이 아니었을까? 날마다 나를 위해 기도하시는 할머니의 기도처럼.

그러기에 어른들은 날마다 세수하듯 그 마당을 정갈하고 아름답게 가꾸고 아끼셨나 보다. 아침이면 싸리비 자국이 나 있기도 했다. 나뭇잎이나 종이 부스러기가 떨어지면 곧 주우라고 하셨다. 비가 오면 마당이 다 마를 때까지 우리는 화단 가 돌을 딛고 다녔다.

내가 동무들과 그 마당에 앉아 놀고 있으면 으레 "마당 파지 말고 놀아라 " 하시는 할머니의 잔잔한 음성이 들려왔다. 햇볕 쨍쨍한 날, 울타리 옆 감나무 그늘에서 놀고 있을 때 맑고 환한 그 흙 마당은 깨끗한 모시옷을 차려입고 교회에 다녀오시는 우리 할머니의 옷자락과 같았다.

어떤 때 그 흙 마당에 송이구름의 그림자가 나타나면 우리는 "구름 타자―!" 하고 팔을 들어 춤을 추듯 나풀거리며 그 마당을 돌고 뛰어다니기도 했다.

정월이면 마을 농악놀이패가 집집을 돌며 그 흙 마당을 밟고 다져서 지신(地神)을 달래어 풍년을 기원해 준다. 멍석을 펴 말판을 그리고 방망이 같은 윷을 두 손으로 높이 치켜들어 춤을 추듯 뛰며 '모야! 개야!' 소리쳐 던지고는 시끌벅적 떠들며 웃던 윷놀이도 그 흙 마당에서였다.

옆집 순애 언니는 마을 사람들에 에워싸여 연지곤지 찍고 색동 원삼에 칠보족두리 쓰고 자기 집의 흙 마당에 멍석을 펴고 혼례를 올렸다. 그때 나도 할머니 손잡고 구경 갔는데, 순애 언니가 얼마나 예뻤는지.

요즘 나는 외출할 일이 있을 때면 원각사의 문이 열려 있기를 바라며 그 앞을 지난다. 답답하고 번잡한 이 도시 가운데에 정성 들여 다듬은 맑고 환한 부드러운 흙 마당이 있다는 것은 여간 다행스러운 일이 아닐 수 없다.

행복했던 고향 집 뜰인 듯 원각사의 흙 마당을 바라본다. 볼수록 마음이 평화로워지며 기쁨이 번져난다. 언제까지나. 원각사의 송판 대문이 반쯤이라도 열려 있고, 은빛의 맑고 환한 흙 마당이 그대로 있어 주기를 바란다.

PART 3

잊히지 않는 선물

. 1 .

젊은이

그날 아침 바쁜 일이 있어 일찍 집을 나섰다. 마침 출근 시
간이라 거리는 인도며 차도며 매우 붐비었다. 그토록 많은 사
람 사이에 끼이자 나는 더욱 허둥거리며 길을 건너려고 저만
큼 있는 횡단로를 향해 급히 가고 있는데 신호등이 바뀐 모양
이었다.

차들이 밀리며 길게 늘어서고, 많은 사람이 한꺼번에 넓은
길 가운데의 횡단로를 건너간다. 내가 횡단로의 신호등 아래
에 이르렀을 때는 이쪽저쪽 건너는 사람들이 거의 다 중앙선
을 넘고 있었다. 그때라도 달린다면 건널 수 있을까? 하지만
용기가 없어 안타깝게 바라만 보고 있었다.

그런데 그때 길 건너편 인도에 두 사나이가 수레 하나를 나란히 잡고 끌면서 달리더니, 지금 많은 사람이 거의 다 건너간 넓은 횡단로로 들어서며 뛰기 시작한다. 어서 사람들이 모두 지나고 신호등이 바뀌기를 기다리는 많은 차들이 '저런!' 하고 흘겨보는 것만 같다.

하지만 그들은 웃음 가득한 얼굴로 경쾌하게 뛴다. 청바지 차림의 아주 젊은이들이다. 어쩌면 늘 번잡하기만 한 이 도시에서 시원스럽게 훤히 트인 넓은 길을 보자 그 길을 호기롭게 한번 가 보고 싶었던 것일까? 장난스럽게도 어마어마하게 비싼 외제차까지 번쩍이며 서 있는 저 많은 차 앞을 사열하듯 지나 보고 싶었는지도 모르겠다. 수레 위 널평상에는 책들이 있는 것으로 보아, 그들은 거리의 책장수들인 모양이다.

몇 년 전 나는 어느 은행 근처에서 살았었다. 그 은행 앞은 꽤 넓은 빈터로, 거기에는 늘 몇몇 노점상이 있었다. 구호품 등 싸구려 옷가지를 벌려 놓은 손수레, 과일장수 수레, 땅콩과 마른 오징어를 구워 파는 좌판 아주머니 그리고 밤에는 드럼통에 나무를 때는 군고구마 장수와 수레 위 널평상에 가스등을 켜고 책을 벌려 놓은 책장수도 있었다.

그 책장수는 다른 노점상들이 모두 돌아가 버린 밤늦게까지 가스등 앞에 앉아서 책을 보고 있었다. 널평상 아래에 사전을 놔두고 늘 공부하는 대학생이었다. 낮에는 학교에 가고 저녁에만 나오는데, 방학이나 강의시간이 없는 날은 낮부터 나와 있기도 했다.

그런데 노점 단속반이 나오는 때면 노점상들은 수레를 끌고 번개같이 어딘가로 숨어야 한다. 그때 자칫 잘못하여 수레 위의 과일이 길바닥에 떨어져 구르기도 한다. 그래서 급히 좀 줍기도 하지만, 아무튼 빨리 근처의 깊은 골목 속이나 인정 많은 어떤 아주머니가 열어 주는 대문 안으로 숨어야 했다. 그러지 못할 경우는 단속반에게 끌려가 하룻밤을 경찰서에서 새우고 이튿날 아침 꽤 많은 범칙금을 물고 나온다고 했다.

그때 경험 부족으로 미처 얼른 피하지 못한 그 책장수 학생은 두 번이나 단속반에게 붙들려 간 적이 있었다고 한다. 경찰서에서는 그들을 아침 일찍이 내보내 주면 좋으련만, 경찰관들이 모두 출근을 하고 조회가 끝난 후 노점상들에게 일장 훈시를 한다고 한다. 그런 다음 현금이 있는 사람은 그 자리에서 벌금을 내고, 없는 사람은 주소·성명·주민번호 등을 기재한 다음 모두 함께 내보내 준다는 것이다. 그런 날이면, 그 학생은 아무리 빨리 뛰어도 중요한 아침 수업시간을 놓칠 수밖에 없다고 어머니 같은 군밤장수 아주머니에게 말하더라고 했다.

어쩌면 저 두 젊은이도 어제 단속반에 붙들려 가 저녁 끼니도 거른 채 밤을 새우고 이제야 풀려난 것일까? 그래서 강의 시간에 늦지 않으려고 저리 뛰는지 모르겠다.

그런데 서투른 솜씨로 손수 수레를 만들었는지 삐거덕거리는 소리가 들리고 수레가 휘청거려 보인다. 곧 길 가운데에 책을 모두 쏟고 수레가 주저앉아 버릴 것만 같다. 만일 그런다면 저 많은 차가 모두 큰소리로 빵빵거리며 욕을 퍼부을까?

어린 굴뚝 청소부 아이가 큰 성의 많은 굴뚝 속에서 청소하면서 길을 잃고 헤매다가 공작님의 침실로 내려앉게 되었다고 한다. 그때 피로에 지친 아이가 졸음을 참지 못해 그만 공작님의 침대에서 잠이 들어 버렸다고 한다. 공작님이 가장 아끼며 자랑스러워하는 푹신하고 훌륭한 하얀 비단 이불 속에 검댕이 머리와 몸을 묻고 말이다.

그때 잠이 든 아이를 본 공작님이 그 어린아이의 처지를 생각하며 잠이 깰 때까지 미소로 조용히 기다려 준다면, 그 공작님은 얼마나 훌륭한 품성을 지닌 멋있는 사람일까.

길 가운데 쏟아진 책과 부서진 수레를 그들이 미안해하며 급히 모두 수습해서 인도로 끌어낼 때까지 비록 아침 바쁜 시간이지만 차들이 경적을 울리지 않고 모두 미소로 바라보며 기다려 준다면, 이 또한 얼마나 멋있는 아름다운 정경일까. 하지만 위태위태하면서도 수레는 부서지지 않고 젊은이들은 미안한 듯, 즐거운 듯, 미소 띤 얼굴로 발을 맞추어 끄떡없이 경쾌하게 뛴다. 마치 금방 출발한 마라톤 선수들처럼.

지난 가을 어느 날이었다. 나는 지리산 피아골 그 험한 골짜기를 앉은뱅이처럼 주저앉아 한 발 한 발 겨우 내려오고 있었다. 그때 한 젊은이가 자전거를 들어 한쪽 어깨에 메고 땀을 흘리며 내 옆을 지나 그 산을 오르고 있었다. 나는 경탄(敬歎)하며 한참이나 뒤돌아 그 젊은이를 바라보았었다.

그랬는데 오늘 아침 나는 또 길가에 서서 선망과 흐뭇한 마음으로 두 젊은이를 바라보고 있다.

마침내 신호등이 바뀌고, 그들은 가까스로 이쪽 인도에 도달했다. 땀과 먼지가 밴 그들의 뒷모습이 사람 물결 속으로 섞여 들어간다.

. 2 .

나의 인형

며칠 전 어느 집을 방문했을 때다. 안내된 방에 들어서서 나는 놀랐다. 4단 진열장에 단마다 갖가지 일본 인형이 가득하고 피아노 위에는 갑옷에 투구 쓰고 긴 일본도를 차고 서 있는 일본 무사인형과 화려한 비단옷을 입고 앉은 오비나(일본 천황을 본떠 만든 인형)와 메비나(일본 황후를 본떠 만든 인형)가 정중히 잘 모신 듯 놓여 있기 때문이었다.

부인은 대학생인 딸이 일본에 여행 갔을 때 사왔노라고 자못 자랑스러워했다. 이렇게 많으냐고 묻자, 구경을 하다가 매우 예뻐서 이것저것 집어내다 보니 이렇게 되었다고 하더란다. 한국인 여자대학생의 방이 마치 일본 사람의 방 같았다.

그것을 보는 내 마음은 착잡했다. 오랫동안 잊고 있던 지난날의 불행했던 나의 인형이 생각났다.

1945년 4월은 일제 말기, 내가 초등학교 3학년이 막 되었을 때였다. 그때는 지금처럼 인형이 흔치 않았다. 이웃집 아이가 가지고 놀던 천으로 만든 인형이 내가 본 유일한 인형이었다. 모자를 쓴 둥근 얼굴에 큰 두 눈, 코라고 찍은 점 둘과 입이 그려있고 원피스를 입었다. 배를 누르면 삐악 소리가 나고 흔들거리는 곧게 뻗은 긴 두 다리와 두 팔 끝은 빨간 리본으로 맺다. 부럽기는 했지만, 그때 우리 집은 내게 그것을 사 줄 형편이 아니었다.

나는 매일 학교에서 돌아오면 대청에 혼자 앉아 헝겊조각과 큰언니의 색실을 늘어놓고 서투른 솜씨로 인형을 만들었다. 헝겊을 꿰매 솜을 넣어 머리와 몸통을 만들고 팔다리를 만들어 달고, 검은 헝겊의 올을 뽑아 머리에 붙였다.

하지만 그 팔다리는 수없이 뜯어 다시 달아도 좌우가 비뚤어지고, 펜에 잉크를 찍어 그린 얼굴은 아무리 다시 만들고 그려도 잉크가 번졌다. 그래도 나는 날마다 혼자서 그 일을 반복하며 인형을 만들었다.

굳이 인형을 갖고 싶어서 만이 아니었다. 그때 나는 일본인 담임 후지모도 여선생에게 미움을 받고 있기 때문이었다. 지난 겨울부터 그해 3월 작은언니가 그 학교를 졸업할 무렵엔 더욱 그랬다. 따라서 나는 동무가 없고 늘 혼자였고, 학교가 싫었다. 그렇다고 동화책도 없던 그 시절 내가 혼자서 할 수 있는 놀이란 그렇게 인형 만들기였던 모양이다.

드디어 손목과 발목을 고운 실로 매고 색실을 한 올 한 올 풀칠해 붙여 만든 색동저고리에 빨강 치마를 입은 인형이 완성되었다. 나는 기뻤다. 학교에 가지고 가서 동무들에게 보이고 싶었다.

그러나 막상 학교에 가서는 내놓지 못하고 책상 서랍 속에서 만지작거리고 있는데, 뒤에 앉은 남학생 반장이 눈치 채고는 보여 달라고 했다. 하지만 선생이 무서워 보여 줄 수 없었는데, 그는 '일러 버린다, 일러 버린다!' 하더니 별안간 벌떡 일어서서 큰소리로,

"선생님, 요시다 애이기는 인형 가지고 놉니다." 하고 말했다. 늘 그랬듯이 핏기 없이 누렇게 마른 얼굴을 잔뜩 찌푸리고 기침을 하던 후지모도 선생은 나를 쏘아보며 가지고 나오라고 했다. 나는 머리를 푹 숙이고 앞으로 늘어뜨린 두 손에 인형을 들고 나갔다.

그는 손가락으로 인형의 머리를 집어 들고 흔들며,

"이게 뭐냐. 이것도 인형이냐?" 하고 소리쳤다. 머리채를

잡혀 흔들리고 있는 내 인형의 얼굴은 잉크가 번져 우는 것 같고, 양팔과 다리는 서로 맞지 않고 비뚤어져 이상한 모양을 하고 있었다. 아이들이 킥킥거리다가 '와ㅡ' 하고 웃었다. 선생은

"웃지 마!" 소리치며 교봉으로 교탁을 내리쳤다. 그리고는 나를 향해

"누가 만들었느냐? 네 언니가 만들었느냐? 이런 것이나 만드느라고 정신대에 안 갔느냐? 대답해!" 하고 회초리로 내 종아리를 때리며 발을 굴렀다.

내가 2학년 때 작은 언니는 6학년 졸업반이었다. 그때 학교에서는 졸업반 여학생들에게 졸업 후 천황폐하를 위해 정신대에 가야 한다고 하나하나 불러내 약속을 시키며 독려했다. 동생인 나에게도 일어서서 언니가 정신대에 가도록 하겠다고 다짐을 하게 했다.

이듬해 봄, 그 학교를 우수한 성적으로 졸업한 작은 언니는 관비로 공부하는 공주사범에 진학하기 위해 열심히 공부했었다. 집안 형편이 큰언니가 다니는 아사히 여학교(현재의 전남여교)에 작은언니까지 보낼 수 없기 때문이었다.

그런데 원서를 내고 아직 시험을 치르러 가기도 전, 불합격 통지서가 왔다. 불령선인(不逞鮮人)의 가족은 교사가 될 사범학교에 입학할 수 없다는 것이었다.

이유가 무엇이었을까? 오래전 아버지가 만주에 다녀오신 적이 있는데 그때 많은 조사를 받고 혐의 없음이 인정되어 무사하셨다. 그랬는데 그 일이 새삼스럽게 또 말썽이 된 것일까? 아니면 큰언니가 다니는 아사히 여학교에서 백지동맹사건이 있었는데 그것 때문일까?

큰언니가 아사히 여학교 4학년 졸업반일 때였다. 일본인 선생이 걸핏하면 "조선인은 더럽다. 마늘냄새 고약하다." "조선인은 모두 도둑놈이다." 하고 학생들에게 모욕을 주었다.

특히 오구다 선생이 심했기에 학생들이 그 선생을 싫어했다. 그러던 중 누군가가 "오구다 시험에 백지 내자!" 하고 말하자, 순식간에 너도나도 모두 그러자고 했다. 그리고는 과연 오구다 선생의 시험시간에 전부 답을 쓰지 않고 백지를 냈다.

이튿날 아침 전교생이 강당에 모여 조회를 할 때였다. 교감이 어제의 백지동맹사건을 말하며 주모자를 나오라고 했다. 그러나 아무도 나가지 않자 주모자가 나올 때까지 모두 꿇어앉아 있으라고 했다. 그날 일본인 선생들은 모두 긴 칼 [日本刀]을 차고 학생들을 둘러서서 왔다 갔다 하며 위협을 했다.

그들은 15년 전(1929년) 광주고보(현재 광주일고)에서 일어나 전국으로 번져간 광주 학생사건을 기억하고 있었을 것이다. 어린 여학생들은 무섭고 아침 8시부터 12시가 되도록 꿇

어앉아 발이 저려 못 견뎌했다. 화장실에 가고 싶은 학생들은 참다못해 떨며 울었다. 이제 더는 견딜 수 없게 되었다.

그때 4학년 졸업반은 두 반이었는데, 1반 반장은 우리 큰언니였고 2반 반장은 나중에 소설가가 된 전○○ 선생이었다. 이제 둘 중 누구라도 나가지 않을 수 없게 되었었다. 그때 언니는 '내가 1반 반장이니까 내가 나가야지,' 생각하고 일어서서 나갔다.

그런데 이 일이 있던 그 무렵, 운동장에서 전교생이 조회할 때였다. 갑자기 소지품 검사를 했는데, 그때 언니의 호주머니에서 나온 수첩에는 '오구다노 바가야로(오구다 바보 멍텅구리 놈)'라고 쓰여 있었다. 사실 그것은 언니 혼자만의 말이 아니었다. 전교생 모두의 마음이었다. 하지만 그 수첩은 언니의 호주머니에서 나온 것이다. 그래저래 언니는 정학을 당했다. 그것으로 그 사건도 끝났다고 우리는 생각했다.

그랬는데 왜 작은언니에게 불령선인 가족이라고 하며 공주사범에 시험을 치르지 못하게 한 것일까. 그 사람들은 한국인 개개인의 모든 것을 꼼꼼히 적어서 경찰청이나 형사 고등계 등 기관에 보관하고 있었던 것일까. 그랬다가 한국인이라면 숨만 조금 크게 쉬어도 꼼짝 못하게 조사하고 대조하고 적용한 것일까? 어쩌면 내 학적부의 가정란에도 그 일이 올라있었을까? 그랬기에 후지모도 선생이 나를 그토록 미워했을까?

"이제 언니가 정신대에 갈 것이지."

하고 다그치는 후지모도 선생에게 나는 할머니가 일러 주신 대로,

"언니는 집에서 밥을 지을 것입니다."

하고 대답했다. 그러자 그는 큰소리로,

"이 바보 새끼, 거짓말쟁이 조선 것! 언니가 여학교에 갔더라면 너희 가족은 모두 굶어 죽을 뻔했구나!"

하며 내 종아리를 마구 때렸다. 나는 너무 아프고 눈물이 줄줄 흘렀지만, 꼼짝도 하지 않고 서 있었다.

한참 후 후지모도 선생은 어지간히 분이 좀 풀렸는지 탁상에 놓았던 인형을 벌레라도 집듯 발 하나를 두 손가락으로 집어 들고 아이들 모두 보라고 흔들며,

"이런 것을 또 학교에 가지고 올 테냐?"

하고 내 얼굴에 들이댔다. 인형은 산발이 되고 치마는 훌렁 뒤집혀 서툴게 꿰매어 붙인 엉성한 속이 드러났다. 그때 내가 서 있는 교실바닥과 칠판, 벽 모두가 둥글게 패이며 점점 멀어져 가고 나는 하얀 공간에 혼자 떠 있는 것 같았다.

"갖다 버려!"

나는 내 인형을 두 손으로 공손히 받아들고 휘청휘청 걸어

가서 교실 맨 뒤에 있는 쓰레기통에 넣었다.

이제 우리나라가 광복이 되고도 많은 세월이 지났다. 여기 저기 인형가게마다 각가지 예쁜 인형이 쌓여 있고 아이들도 몇 개씩이나 가지고 있다. 어떤 집은 진열대나 책상 위에 잘 놓여있기도 한다.

인형 전시회에 가 본 적이 있다. 세계의 각 나라마다 고유한 전통과 풍속과 재미있는 이야기가 있는 볼수록 멋있고 아름다운 인형이 수없이 많았다. 우리나라도 옛 혼례식을 하는 인형, 장고춤을 추고 피리를 부는 인형, 콩쥐팥쥐나 흥부와 놀부전 등 전래동화를 인형극으로 재미있게 꾸며놓은 인형들도 있고 여러 모양의 닥종이 인형도 많이 있었다. 모두가 예쁘고 운치 있고 멋들어진 인형들이었다.

그런데 의외에도 우리나라 여자대학생의 방에 이렇게 많은 일본 인형이 진열되어 있고, 또 비록 인형이지만 우리에게 깊은 상처의 역사를 안겨 준 일본무사와 일본천왕 내외를 마치 우리나라의 장군과 임금님이라도 되는 것처럼 잘 모셔 놓은 앞에 서자, 지난날 비참했던 내 인형이 생각나 어찌할 바를 모르겠다.

. 3 .

과수원

여름방학이 끝날 무렵 슈퍼마켓에 갔더니 유리종이로 덮은 상자 안에 미백색 아름다운 복숭아가 들어 있다. 나는 손으로 유리종이 위를 가만히 쓸어 보았다.

과수원은 양동시장 뒤 돌고개 큰길에서 서쪽으로 저만큼 남북으로 길게 누운 나지막한 산자락이었다. 무등산을 시원으로 광주 도심을 지나 극락강, 영산강과 합류해 서해로 흐르는 광주천, 100여 년 전 그 천변 모래밭에 나뭇짐을 지고 온 나무장사 짚신장사, 떡 장사 등 하나둘 모여들어 이루어진 것이 오늘날 호남 제일의 양동시장이다. 과수원은 그 시장 뒤에서 700여 미터쯤에 있었다.

우리가 집을 팔고 어머니가 경영하시던 조그마한 포목가게도 팔아서 그 복숭아 과수원을 산 것은 6·25가 나던 해 정월, 내가 초등학교를 졸업하던 해였다. 어머니로부터 과수원을 샀다는 말을 처음 듣던 그때 나는 얼마나 좋아했던가.

과수원이란 그림동화책에서 본 에덴동산과 같을 것이라고 생각했다. 풀 사이로 맑은 개울이 흐르고, 가지각색 꽃이 피고 온갖 과일이 열린 낙원일 것이라고 생각했다.

과수원으로 이사하던 날은 눈이 조금씩 내리고 있었다. 집으로 짐을 들인 후 우선 과수원에 올라갔다. 언덕 옆을 헐어낸 완만한 비탈길을 5~6미터쯤 올라가서 왼쪽 밭 사이를 조금 더 가자, 긴 긴 등성이가 나왔다. 그 등성이의 오른편은 넓은 보리밭이었다. 그 보리밭 끝 한쪽에 가지를 위로 벋은 키 큰 감나무가 빽여 주 있었다. 등성이 왼편은 경사가 완만한 서향으로, 굵은 가지를 넓게 벌린 커다란 복숭아나무가 한없이 많았다. 과수원의 끝과 넓이를 알 수 없었다.

그런데 그 복숭아나무들에는 1m가 훨씬 넘을 것 같은 가늘고 긴 빨간 가지가 무수히 돋아 눈바람 속에서 어수선이 흔들고 있었다. 그것들은 지난여름부터 자란 햇가지인데, 묵은 가지로부터 꽃눈이 한두 개나 세 개쯤 붙어 있는 5~10㎝ 정도까지만 남겨두고 빨리 잘라 주어야 한다고 했다. 그러지 않으

면 그 긴 헛가지들이 귀중한 영양분을 모두 흡수해 버린다고
했다.

우리는 전정(剪定)을 서둘러야 했다. 시기가 늦지 않도록 시
비(施肥)도 해야 했다. 때문에 이사한 날부터 아버지는 유실수
전정이라는 책을 보시고 또 기술자에게 배우며 기술자와 함께
복숭아나무 가지치기를 하셨다.

다른 가족은 인부와 함께 길을 고쳤다. 큰길에서 집 마당까
지 70여 미터의 길이 손수레가 겨우 다닐 정도로 좁았기에 트
럭이 들어올 수 있도록 과수원 언덕 한쪽을 헐어내 그 흙을 손
수레로 실어 날라 길을 돋우고 넓혔다.

우리는 농사일을 해 본적 없지만, 목도리·장갑 등으로 무
장하고 열심히 했다. 저 큰 과수원이 우리 것이라는 것, 또 트
럭이 우리 집 마당까지 들어온다는 것이 나는 기쁘고 자랑스
러웠다. 아마 보름 이상 길 고치기를 했을 것이다.

길이 다 되었을 때 트럭으로 여러 가지 비료와 석회, 소독
약품을 실어 오고, 불가사리가 섞인 잔챙이 고기도 많이 실어
왔다. 모두 마당에 내려 쌓아 놓고는 인부들이 죄다 과수원으
로 져 올렸다. 그래서 여기저기 복숭아나무들 사이에 부려 놓
고는 나무마다 가지를 넓게 벋은 만큼 그 나무 아래 땅도 넓고
둥글게 파 그것들을 고루 넣어 주고 다시 덮었다. 그런 후 온

바닥에 석회를 뿌리고 분무기로 몇 번이나 소독도 했다. 과수원에서 구름이 일 듯했다.

울타리는 거의 탱자나무였지만, 군데군데 플라타너스, 포플러, 아카시아 등 잡목도 있고, 조금씩 철조망도 몇 군데 있었다. 그런데 그 철조망이 모두 부서지고 쓰러져 말목을 새로 만들어 세우고, 새 철조망을 사다 전부 튼튼히 고쳤다. 여기저기 울타리 안으로 벋어 들어 묘목처럼 자란 많은 잡목 뿌리와 넓게 자리를 잡고 우북이 자란 산딸기 가시나무의 억센 뿌리도 모두 파냈다.

이렇게 많은 여러 가지 일을 하느라고 정월부터 삼월이 다 가도록 과수원에는 거의 날마다 서너 명 또는 한두 명의 인부가 끊임없이 일했다.

드디어 울타리 아래와 언덕에 제비꽃, 민들레가 피고 복숭아나무의 가지마다 촘촘히 붙은 꽃눈이 조금씩 벌다가 과수원 가득 분홍 꽃이 만발했다. 나비들이 날고 벌들이 웅 웅 거렸다. 부드러운 봄 하늘은 끝없이 넓고, 과수원 넘어 멀리멀리 펼쳐 있는 봄기운 가득한 들, 꾀꼬리는 울타리의 큰 나무에서 울었다.

그때 우리 가족은 그동안의 피로를 모두 잊고 한없이 기뻤다. 아버지는 과수원에서 캔 쑥국을 잡수시며 "이게 얼마나 귀한 것이냐" 하시며 감격스러워 하시고, 앞으로는 근대를 심어 눈이 올 때도 늘 싱싱한 푸른 채소를 먹도록 해야겠다고 하셨다.

농사를 지어 본 적 없는 아버지는 무엇을 하시든지 항상 거기에 대한 전문 책을 보셨다. 집 앞 밭에서 줄자 끝을 내게 잡으라 하시고 길게 늘여 간격을 맞춰 가지도 심었다. 나는 그런 아버지와 일하는 것이 늘 즐거웠다.

아버지는 가지나무가 자랐을 때 곁순 따 주는 것도 가르쳐 주셨다. 그리고 가지 밭 옆에 다른 채소도 심었다. 한 여름이 되었을 때 뽀도동 뽀도동 하는 짙은 색의 곧고 길쭉한 가지가 많이 열려 보는 사람마다 칭찬을 했다.

또 감나무 밭 아래는 미처 손을 대지 못한 넓은 밭에 풀이 우북 하기에 인부를 시켜 큰 구덩이를 많이 파 거름을 듬뿍 씩 넣고 호박도 심었다.

보리를 베어 낸 넓은 밭은 삯을 주고 쟁기질을 해서 콩팥 옥수수 깨를 심고 고추와 고구마도 심었다. 또 밭벼를 심을까 했지만, 종자를 구하지 못해 조를 많이 심었다.

그해 여름 내내 풀을 메고 거름을 주며 모두 가꾸었다. 주로 인부가 일을 했지만, 우리 가족도 과수원에 매달려 많은 일을 했다. 처음 얼마 동안 나는 즐거움과 기쁨으로 뛰어 다니며 심부름을 했다. 하지만 날이 갈수록 과수원은 처음 생각했던 낙원이 결코 아니었다. 끝없이 고단한 일뿐이었다. 손발은 말할 수 없이 험해지고 얼굴은 검둥이가 되었다. 마치 우리가 그 큰 산더미 아래 짓눌려 있는 것 같았다.

그래도 일은 끝이 없었다. 과수원에 가득 피었던 그 많은 꽃들이 모두 열매가 되어, 복숭아나무 가지마다 콩만 한 것이 다닥다닥 열렸다. 그것들이 죄다 커다란 복숭아가 될 수 없기에 우리는 여자 인부들과 함께 여러 날을 적당한 간격으로 모두 솎아 냈다.

또 날마다 밤 깊도록 식구들이 둘러앉아 대청에 천정 닿도록 복숭아 싸 줄 봉지를 만들어 쌓았다. 그때 나는 풀비를 든 채 졸기도 했다. 복숭아가 밤톨만큼 컸을 때는 그 봉지로 하나하나 모두 싸 주었다.

이번에도 많은 여자 인부들과 함께 여러 날 봉지에 열매를 하나씩 넣어 가지 위에 핀으로 고정했다. 높은 가지는 삼각사다리에 올라서서 했다. 여자들은 머리에 수건을 쓰거나 밀짚모자를 쓰고 노래를 부르기도 했다. 샘 집 아주머니가 부르면 모두들 따라 불렀다. 덕심이 언니는 노래도 잘 불렀지만 소리가 매우 고왔다. 하늘은 맑고 가끔 뻐꾸기 소리가 들려왔다.

푸른 과수원에 하얀 봉지가 주렁주렁 끝없이 매달려 갔다. 지금은 봉지 속에 조그마한 푸른 열매지만 팔월이 되면 봉지마다 터지도록 커다란, 단물이 가득한 분홍 수밀도 하얀 백도 그리고 황도가 될 것이다.

　아버지는 그것을 보시며 환한 얼굴로 과일을 따 내릴 때 지금까지는 바구니에 담아 머리에 이거나 지게로 져 날랐다고 하는데, 우리는 도르래를 설치해 아주 쉽게 따 내리도록 하겠다고 하셨다. 바구니에 복숭아를 따 담기만 하면 바구니가 줄을 타고 절로 내려가 저 아래 집에서 받기만 하면 되도록 하겠다고 하셨다. 그때 이미 우리 집 마루 한옆에는 아버지가 준비해 놓으신 크고 작은 도르래가 몇 있었다.

　7월 23일은 북한군이 광주에 들어오던 날이었다. 전날 밤 방송은 정읍까지 온 북한군을 국군이 모두 물리쳤으니, 광주 시민은 안심하라고 했다. 그랬는데 그날 아침 '오늘 오전 10시부터 시내에서 북한군과 시가전이 있을 것이니 시민은 빨리 피난하라'는 방송이 있고, 또 시내 곳곳에 그와 같은 벽보가 나붙었다.

　청천벽력 같은 소식이었다. 북한군이 3·8선을 넘어왔다는 것은 진즉부터 모두 알고 있었지만, 방송에서는 계속 국군이 승리하고 있으니 안심하라고 했다. 때문에 저들이 이토록 급작스럽게 우리 앞에 나타나리라고는 미처 생각지 못했다.

광주시민은 허둥지둥 집과 살림을 버려두고 모두 남쪽을 향해 피난길에 나섰다. 그날 화순 너릿재 길이나 남평 가는 길은 피난 인파로 아비규환이었다고 했다. 그때 부모를 잃고 고아가 된 아이들도 있었다고 했다.

시골에 친척이 없는 사람들은 시내의 남쪽 끝 방림동 뒤 골매골짜기로 임시 피난을 갔다. 우리도 골매 골로 가려고 서두르는데, 어머니가 조금씩이라도 밥을 먹으라고만 하셨다. 그래서 막 한 술 뜨려고 하는데, 그때 산동교 쪽에서 '쿵!' 하고 대포 소리가 들려왔다. 우리는 놀라 밥을 어떻게 먹었는지 말았는지 서둘러 집에서 나갔다.

양파정 아래를 갈 때는 넓은 길이 사람으로 가득했다. 아기를 업은 이, 어린이의 손을 이끌고 노인을 부축하고 가는 이, 서로 한 발이라도 빨리 가려고 서두르는데 총소리가 더 가까이서 들리는 것 같았다.

사람들은 방림동 철로를 넘고 들 가운데의 긴 농노와 논둑, 밭둑 그리고 산비탈 아래 오솔길에 한없이 늘어서서 땀을 흘리며 골매 골을 향해 가고 있었다. 나도 배낭 하나를 메고 언니의 발꿈치를 밟을 듯 바짝 따라갔다. 길가의 풀잎도 다랑이

밭의 콩잎도 더위에 축 늘어져 있었다. 그날은 바람 한 올, 구름 한 점 없는 삼복 무더위였다.

그날 골매 골은 골짜기마다 산비탈마다 사람으로 하얬다. 발 디딜 틈이 없었다. 우리도 그 틈에 끼어 겨우 한자리를 잡아 앉았는데, 앉자마자 얼룩얼룩한 커다란 꾸정모기와 왕개미가 달려들었다. 쫓고 털어내도 막무가내였다.

사람들은 모두 초조하게 시내의 동정에 촉각을 세우고 있었다. 급히 집에서 쫓겨 나온지라 시간이 갈수록 불편한 것이 많았다. 가지고 온 물은 동이 나고 아이들 먹을거리와 기저귀 그리고 화장실 등이 너무 불편했다. 오후 늦게 어떤 이가 시내에 가 봤더니 조용하더라고 하면서 되돌아가도 괜찮을 것 같다고 했지만, 선뜻 나서는 사람은 없었다.

이튿날 아침, 또 어떤 이가 시내에 나가 형편을 살펴봤더니 역시 조용하더라고 했다. 그리고 북한군은 자기들이 인민을 보호할 테니 모두 집으로 돌아와서 하던 일을 그대로들 계속하라고 하더란다. 다행히 그 골짜기에서 하룻밤을 지낸 이튿날 모두 무사히 집으로 돌아갔다. 시내에서 전쟁한 흔적은 없었다. 그리고 그날부터 광주는 공산치하에 들어갔다.

골매 골에서 돌아오자, 정월 이사 오면서 가지고 온 독에 그들먹했던 간장이며 된장을 누군가가 모두 퍼가 버렸다. 그래도 우리는 아무 말도 하지 않았다. 며칠 전까지 친절했던 이웃이 왠지 서먹해졌기 때문이었다. 곧 알게 되었지만, 그 마을에는 공산주의에 열성인 젊은이가 살고 있었다.

그런지 며칠 후, 내무서에서 왔다는 두 사람이 물어볼 게 있다고 하며 아버지를 데리고 갔다. 그 며칠 후 의과대학 졸업반이던 형부를 또 다른 사람이 와서 데려 갔다. 그때는 그들이 하라는 대로 할 수밖에, 다른 어떤 이유나 변명도 있을 수 없었다.

큰언니가 아버지의 소식을 알아보려고 여기저기 다녀보기도 했지만 알 수 없었다. 집에는 여자들만 남았다. 낯선 사람이 오면 또 무슨 일이 일어나려나 하고 우리는 놀라기부터 했다.

날이 갈수록 사람들 사는 형편도 매우 궁색해졌다. 돈벌이가 없고 쌀을 구할 수 없었다. 쌀이 있는 사람도 불안한 시국 때문에 모두 꼭꼭 숨겨 두고 내놓지 않았다. 시장에는 조금 나와 있기도 했지만 값이 비쌌다. 그래서 우리 이웃에서는 술지게미로 끼니를 때우는 이도 있었다.

다행히 우리는 과수원에서 수확한 보리가 있어 그것을 절구질하여 꽁보리밥을 짓거나 맷돌에 갈아 죽을 쒀 먹기도 했다. 보리죽은 미끄럽고 두 번만 먹어도 구역질이 나서, 새콤하게 익은 열무김치와 함께 먹지 않으면 도저히 목으로 넘길 수 없었다.

무엇보다 이제 겨우 돌이 지난 큰언니의 아기에게 보리죽만 먹이는 것은 참으로 견딜 수 없는 괴로움이었다. 아기도 먹지 않으려고 엄마가 아무리 '아– 아–' 해도 입을 벌리지 않았다.

그래서 한번은 어머니와 작은언니, 나 셋이 송정리에서 정미소하는 친척 집에 쌀을 얻으러 갔다. 송정리 가는 길은 비행장 가는 큰길이었다.

그날은 구름 한 점 없이 맑은 날씨였다. 갈 때 30리는 새벽길이었지만, 뜨거운 햇볕 아래 무거운 쌀자루를 이고 땀을 줄줄 흘리며 돌아오는 오후 30리 길은 어찌 그리도 멀었는지. 신을 신었는데도 물렁물렁 녹은 아스팔트로부터 발바닥이 뜨거워 걸을 수 없었다.

이길 왼쪽은 바위산이 많고 그 아래는 작물인지 풀인지 분간 할 수 없는 작은 돌밭들이었다. 오른쪽은 푸른 벼가 한창인 끝없이 넓은 논이었다. 논물이 뜨거운 햇볕에 부글부글 괴고 있었다. 멀찍이 논 가운데 비행기가 추락한 것일까, 푸른 벼 위로 비행기의 한쪽 날개 같은 매우 큰 금속성 물체가 하늘을 향해 솟아 햇빛에 반짝이고 있었다.

가고 오는 60리 길, 구름 한 점 없는 하늘에는 늘 비행기가 아득히 높이 떠 멈춘 듯 가고 있었지만 길에서 사람은 단 한 명도 만나지 않았다. 나중에 안 일이지만, 비행장 가는 그 길은 매우 위험하다고 했다. 느닷없이 공산당이나 폭도들이 나타나 해칠 수도 있고, 비행기의 사격을 받을 수도 있다고 했다. 그런데 우리는 그런 것을 모르고 갔다 온 것이다.

아무튼 돌아와서 그 쌀로 밥을 지어 아기에게 먹이자 어린 것이 흰 쌀밥을 납죽 받아 오물오물 먹으며 웃는 모양을 보면서 우리 식구는 모두 눈물이 날만큼 기뻤다.

그런데 과수원에 자꾸 도둑이 들었다. 제일 위 한쪽은 철조망이었는데, 복숭아가 밤톨만 할 때부터 마을 아이들이 뚫고 들어와 따갔다. 아버지도 안 계시고 돈길도 막혀 버린 우리는 어머니와 언니, 나 셋이서 서툴게 장도리 질을 해가며 수없이 막고 고쳤다. 또 가시에 찔리고 긁히면서 아카시아 나뭇가지를 쳐다가 철조망 앞에 쌓아 놓기도 해봤다. 그래도 이내 다시 뚫렸다.

부슬비 오는 날이었다. 이런 날은 지키는 이가 없겠지 하고 아이들이 온다는 것을 아는 나는 꼭대기까지 가만가만 가 보았다. 아니나 다를까, 여남은 살쯤 된 서너 명의 사내아이들이 까맣게 그른 얼굴에 빗물을 흘리며 따고 있었다. 저희끼리 서로 보고 이를 드러내 소리 없이 함빡 웃다가 나를 보자 딴 것을 모두 놔두고 철조망을 꿰어 산 아래로 내달았다. 나도 따라 달렸다. 한 아이를 곧 잡을 듯하여 빗물이 들어 미끄러운 고무신을 벗어 들고 숨이 끊어지게 달렸다. 하지만 늘 오르내려 이골 난 다람쥐 같은 그 아이들을 따라잡지 못했다. 산 아래는 초가와 양철집들이 조밀한 마을이었다.

복숭아가 크고 맛이 들어가자 이제는 정말 큰 도둑이 들었다. 집에서 가장 먼 아래 한쪽 구석은 근처가 모두 짙게 우거진 산울타리로 튼튼했기에 안심하고 있었는데, 어느 날 보니 거기에 훤한 구멍이 나 있었다. 우리는 인부를 사서 말뚝을 만들어 촘촘히 박고 철조망을 여러 겹 쳐서 튼튼히 막았다.

그런 후 한참 만에 가 보니 구멍을 막은 근처의 큰 나무 한 그루가 누렇게 죽어 가고 있었다. 살펴보니 그 나무 밑동을 톱질해 들어내고 들어와 실컷 따 가고는 다시 그 나무를 제자리에 맞춰 세워 놓은 것이었다. 얼마나 드나들었는지, 바닥이 단단히 다져지고 반질반질 길이 나 있었다.

그날 밤부터 어머니와 작은언니, 나 셋이서 밤중에 긴 막대기를 소리 나게 끌고 헛기침을 해가며 캄캄한 과수원에 올라갔다. 하지만 중간쯤에 있는 원두막까지만 겨우 갔을 뿐, 도둑이 드나드는 저 아래 음침한 구석까지는 가지 못했다. 무섭기 때문이었다.

그렇게 얼마쯤 지낼 때 춘매 할아버지가 오셨다. 춘매 할아버지는 보성에서 마을 폭도들을 간신히 피해 왔다는 어머니 친구의 형부다. 흰 수염이 길고, 무더운 날인데도 내외분 모두 흰 광목 흰복을 입으셨다. 여러 날의 고생으로 초췌했으나 선량해 보이는 점잖은 노인들이었다.

마침 일꾼이 살던 오두막이 비어 있어 거기 계시게 했다. 할아버지는 그 오두막 가까이 정월에 길을 고치느라고 깎아낸 흙 절벽 아래에 멍석을 펴고 항상 거기 앉아 계셨다. 거기는 종일 그늘진 바람 길이어서 시원했다. 그때 할아버지는 거기 앉아 계시는 것만으로도 우리에게는 큰 힘이 되어 주셨다.

할아버지가 오신 다음 날부터 아주머니는 광주의 중심가 충장로의 자기 집에서 날마다 할아버지 내외분의 음식을 가져왔다. 며칠 후부터는 이삼일에 한 번씩 오다가 중학생인 아들이 오기도 했는데, 한번은 오면서 비행기의 공습을 만나 하마터면 죽을 뻔했다고 하더니 그 후부터는 오지 않았다.

우리는 노인들에게 우리 집으로 오셔서 보리죽이지만 함께 식사하시자고 했다. 그러나 오시지 않아서, 나는 어머니가 담아 주는 음식을 그분들에게 갖다 드렸다. 우리 집에서 할아버지가 계시는 곳까지는 약간 오르막으로 7-8 미터쯤 되었다.

한번은 가면서 어쩌다가 쳐다보니, 늘 할아버지가 앉아 계시는 옆 흙 절벽 위 높이 파란 하늘에 분홍 꽃이 넓게 피어 있었다. 큰 붓으로 푸른 하늘에 분홍색 고운 물감을 칠해 놓은 것 같았다. 얼마나 아름다운지 한참을 쳐다보았다.

사철 꽃이 피는 낙원 에덴동산일 거로 생각했던 과수원, 그러나 단 한 송이의 어떤 꽃도 없고 끝없이 모진 고생만 있는 이 과수원. 그런데 저리도 아름다운 꽃이 피어 있다니…….

그 후 나는 오며가며 그 꽃을 쳐다보았다. 피곤할 때도 쉴 때도, 우울할 때도. 그것은 언덕 위의 한 그루 커다란 자귀나무에 꽃이 활짝 피었던 것이다. 모든 것이 슬프기만 하던 그때의 나에게 그 꽃은 큰 위로였다. 그 꽃을 보고 있으면 마음이 밝고 편안해졌다.

할아버지는 그때 우리가 도둑 때문에 밤에 고생한다는 것을 알고 자청해 원두막에서 주무시며 도둑을 지켜 주겠다고 하셨다. 한번은 할아버지가 밤중에 늘 도둑이 드는 그 구석 가까이 가자, 후다닥 사람 도망치는 소리가 났다고 하셨다. 아침에 가 보니 바지게에 복숭아가 반이나 담겨 있는 지게가 있었다.

사실 우리는 그 도둑이 누구인지 짐작하고 있었다. 그 구멍 가까이에 조그마한 외딴 초가집이 한 채 있었는데, 그 집에는 개가 한 마리 있어 모르는 사람이 지나면 밤낮없이 짖어댔다.

그날 밤도 도둑이 지게를 놔두고 그 집 옆을 지나서 도망갔다면 죽을 둥 살 둥 짖었을 텐데 짖지 않았다고 할아버지는 말씀하셨다.

한번은 또 도둑이 들어 많이 따간 것을 알고 아침 일찍이 어머니가 그 집을 찾아가셨다. 사립문을 밀고 들어서자 그 집 젊은 내외가 몹시 놀란 얼굴로 어머니 앞을 막아서서 어쩐 일로 오셨느냐고 하며, 자기들이 지금 바쁘니까 할 말이 있으면 어서 하고 가시라고 하더란다.

어머니는 마당 건너가 부엌문을 열면 거기에 틀림없이 복숭아가 있을 것이라는 확신이 있었지만, 한 발만 내딛으면 포악스럽게 밀치고 대들 듯 등등한 기세로 서 있는 두 젊은이를 대항할 힘이 없었다. 그래서 울타리를 가리키며 저 울타리에 구멍을 뚫고 도둑이 자꾸 들어와 과일을 따 가니 잘 좀 봐달라는 말만 하고 돌아왔다고 하며 분해 하셨다.

이제 복숭아를 따야 했다. 매년 받아다 팔아온 사람들이 바구니를 들고 찾아왔다. 지난 봄 거름을 워낙 잘하고 잘 가꾸었기에 복숭아가 크고 색도 맛도 매우 좋았다.

터질 것 같은 봉지 하나를 조금 벌려 보면 분홍빛을 띤 커다란 수밀도가 세상에서 가장 깨끗하고 고운 모습으로 웃고 있는 것 같았다. 우리는 봉지를 벌려 보면서 잘 익은 것만 골라 따 조심조심 바구니에 담았다. 아버지가 계셨으면 도르래를 설치하셨겠지만, 머리로 이어 날라야 했다.

아무튼 우리는 복숭아를 팔아야 했다. 잘 익은 것일수록 커서 몇 개만 담아도 바구니에 가득 찼다. 그러나 가져다 팔 사람들은 가까스로 익어 가는, 아직 무처럼 단단한 것을 따오라고 했다. 잘 익은 것은 얼씬만 해도 멍이 들고 빨리 상하기에 두고 팔 수 없다는 것이다. 물론 단단한 것도 오래두면 물러지기야 하지만, 나무에서 익은 것과는 그 맛이 천지 차다.

우리 과수원에는 수밀도는 조금이고, 대부분이 '유명백도'라는 복숭아 중 가장 크고 우수한 품종이었다. 수밀도를 거의 딴 다음에 딴다. 백도는 피부가 보얀 미백색으로 매우 곱고 섬세하다. 수밀도보다 더 달고 향기롭다. 귀한 예술품처럼 조심히 놔두고 보아야 할, 만지기도 미안할 만큼 아름다운 과일이다.

어쩌다가 잘 익은 것 중 흠난 것이 하나 있어 받쳐 들고 껍질을 조금 집어 내리면 사르르 벗겨지면서 진득한 단물이 줄줄 흐른다. 그것을 한입 물어 보면 씹을 것도 없이 절로 목으로 넘어가 버린다. 얼마나 달고 맛있는지.

아직도 많이 남은 수밀도와 과수원에 가득한 저 많은 백도를 다 따 내리려면 인부를 들여야 했다. 복숭아를 모두 팔면 우리는 빚을 먼저 갚을 것이다. 과수원을 살 때 돈이 모자라 과수원 값을 조금 덜 줬기 때문이다. 또 인부들의 밀린 임금도 빠짐없이 챙겨줄 것이다. 그러면 아버지가 오셔서 애썼다고 칭찬하실 것이다. 그리고 우리 가족의 생활비도, 언니와 나의 학비도, 넉넉할 것이다.

그렇게 즐거운 생각을 하며 곤히 잠들었던 다음날 복숭아를 따 나를 인부가 오기로 한 첫날이었다. 우리는 새벽에 일어났다. 마당에 나서자 저만큼 마을과 논밭이 안개에 잠겨 있고, 밝아 오는 하늘과 새벽 공기가 한없이 맑고 신선했다.

북한군이 광주에 오고부터 유엔군 비행기가 수시로 날아와 정거장과 버스터미널, 수산물 도매시장 그리고 시내의 여러 곳을 폭격했다. 또 어디 어디서 누가 잡혀 가고 죽었다는 소문이 들려오기도 했다.

그런가 하면, 무슨 완장을 찬 사람들이 가끔 우리 집에 와서 "고추가 몇 포기인데 몇 개씩 열렸다. 조 이삭은 몇이다. 고구마는 몇 미터 두럭이 몇이다." 등 밭과 과수원을 맘대로 돌아다니며 몇 번씩이나 꼼꼼히 세고 적으면서 수확 때 틀리면 안 된다고 으름장을 놓았다. 그럴 때마다 어머니의 여위고 검은 얼굴이 백지장처럼 되었다. 그리고 작은언니에게 여성동맹에 나오지 않는다고 인민재판에 세우겠다며 위협도 했다.

하지만 날씨가 이토록 화창하고 복숭아를 따 나를 인부가 오기로 한 그날 아침은 신께서 우리를 요람처럼 보호하시고 사랑하시고 축복해 주시는 것만 같았다. 오늘부터 그 무거운 복숭아 바구니를 이어 나르지 않아도 된다. 나는 가슴을 펴고 크게 심호흡을 했다.

그때였다. 따발총을 멘 두 명의 북한군이 스물 댓 명쯤 되는 일꾼 행색의 장정을 인솔해 과수원에서 내려와 아무 말 없이 입구의 긴 길을 일렬로 나가는 것이 아닌가. 그들은 모두 삽이나 괭이 같은 연장을 들고 있었다. 우리는 무슨 일일까 의아해 하면서도 묻기는커녕 꼼짝도 못하고 서 있는데 어머니가 급히 과수원으로 올라가셨다. 언니와 나도 따라갔다.

밤사이 과수원 서쪽 중턱 복숭아나무 사이에 깊고 큰 구덩이가 파여 있고 근처 복숭아나무 아래마다 하얀 빈 봉지가 수북수북 널려 있었다. 그날 우리가 인부를 시켜 따려던 복숭아를 몽땅 먹어 버린 것이다.

기가 막혔다. 우리는 그 귀한 과일을 단 한 개도 좋은 것은 아까워서 먹지 못하고 떨어져 깨졌거나 상한 것을 도려내고 먹었다. 그런데 그 소중하고 아름다운 복숭아를 무지막지하게 먹어 버린 것이다. 어머니는 그 자리에 쪼그려 앉아 빈 봉지를 주우며 우셨다. 그때 어머니의 뒷모습이 유난히 초라하고 목이 가늘어 보였다. 나는 어머니의 그런 모습을 보며 눈물이 났다. 언니도 울고 있었다.

그들은 그날 밤에도 11시쯤 왔다. 어머니는 용기를 내서 과수원으로 오르려는 그들에게 다가가 우리가 빚이 있어 형편이 매우 어려우니 조금씩만 먹으라고 사정했다. 그들은 "예, 예." 대답했고, 인솔자는 자기가 잘 지킬 테니 염려 말고 어서 들어가시라고 했다. 우리는 어머니에게 쓸데없을 테니 그러지 마시라고 했지만, 어머니는 견딜 수 없어 그렇게라도 하신 것이다.

그러나 이튿날 새벽 그들이 돌아간 후 가 보니, 빈 봉지가 어제보다 더 많이 쌓여 있었다. 먹을 뿐 아니라 숨길 수 있는 한껏 숨겨서 가져가기까지 한 모양이었다.

그날 아침, 그러니까 두 번째 구덩이를 파고 간 아침이었다. 유엔군비행기가 과일나무를 스치듯 날며 과수원에 온통 기총소사를 했다.

우리 과수원은 광주시의 서쪽에 있어 남북으로 길게 누운 산자락이었다. 긴 등성이의 동쪽은 광주시와 무등산을 바라보고 있고, 서쪽은 광 송간의 큰길 즉 비행장 가는 길을 내려다보고 있었다. 북한군은 그러한 우리 과수원의 위치와 지형, 더

구나 과일나무가 짙게 우거져 있는 우리 과수원을 광주 비행장으로부터 시내로 들어오리라 예상되는 국군을 겨누어 사격하기에 가장 적당한 장소로 여겼던 모양이다. 그러기에 우리 과수원의 복숭아나무가 우거져 있는 서쪽 중턱에 참호를 파기 시작했고, 이 일을 알게 된 유엔군 비행기는 즉각 날아와 기총소사한 모양이었다.

과수원은 큰 태풍이나 토네이도가 휩쓸고 간 것 같았다. 이파리는 물론 가지가 찢기고 꺾이고 과일이 모두 떨어져, 덜 익은 것은 깨져서 구르고 잘 익은 것은 죽사발을 내던져 버린 듯 복숭아 살이 바닥에 흩어졌다.

비행기는 다음날도, 또 그 다음날도 날마다 와서 기총소사했다. 때로는 하루에 두 번도 왔다. 북한군도 날마다 밤 열한 시쯤이면 스물대여섯 명가량의 사람을 데리고 와서 참호를 팠다. 8월 하순부터 9월 말경 후퇴하기까지 화순, 담양, 장성, 남평 심지어 나주, 순창, 곡성 등지에서까지 사람들을 동원해 왔다.

낮에는 공습을 피해 산이나 골짜기에 숨어 있다가 어두워지면 먼 길을 걸어 밤중에 와서 그렇게 참호를 파고 이튿날 밝기 전에 갔다. 그렇게 해서 그 큰 과수원의 중턱에 허리띠를 두르듯 이쪽 끝에서 저쪽 끝까지 깊이 파 참호를 완성했다. 그것은 건널 수 없는 깊고 긴 골짜기였다. 과수원을 위아래 둘로 나눠 버린 것이다.

그러면서 먼 길을 걸어와 땅을 파는 고된 일을 하고 또 먼 길을 되돌아가야 하는 배고픈 그들은 기총소사가 닿지 않은 울타리 근처나 구석구석까지, 가을에 따는 아직 익지 않은 황 도까지 샅샅이 뒤지고 더듬어 복숭아를 한 알도 남김없이 모조리 따먹어 버렸다.

그해 우리 가족이 온갖 정성으로 있는 힘을 다하고 고생을 해서 가꾼 복숭아밭을, 아름답고 탐스럽게 결실하여 이제 막 수확을 시작한 그 순간에, 낮에는 유엔군 비행기가, 밤에는 북한군이 번갈아가며 그리도 철저히 쑥대밭으로 만들어 버렸다. 그 과수원은 우리 가족의 희망이고 생명이었는데….

60여 년이 지났다. 지금도 복숭아를 보면 그때 일이 생각나 쓸쓸하다.

. 4 .

창문

지난여름 아이들이 자취하고 있던 집은 지은 지 얼마 되지 않은 앞 동과 뒷동이 같은 복도식의 11층 작은 아파트였다. 그런데 바로 옆에서 또 새 아파트를 지으려고 땅을 파고 쇠기둥을 박는 등 고막을 찢을 듯한 중장비의 시끄러운 소리 때문에 견딜 수 없었다. 그래서 무더운 여름인데도 창을 꼭꼭 닫고 선풍기로 살아야 했다.

다행히 아이들은 시끄러운 낮에는 일터에 가고 조용해진 후 돌아오기에 괜찮다고 했다. 하지만 종일 집에 있어야 하는 나는 매우 답답했다. 빨래를 널 때도 거실 안창만 열고 베란다에 나가 밖의 창은 닫아둔 채 얼른 널고 빨리 들어와 창을 닫는다.

어느 날 밤늦은 시간이었다. 낮에 종일 닫았다가 잠잠해진 후 열어 놓은 베란다의 창 앞에 서서 바람을 쐬고 있었다. 낮에는 그토록 시끄러웠지만, 밤은 조용했다. 먼 하늘에는 작은 별이 깜박이고 있었나.

그런데 철옹성같이 어두운 앞동에 눈길을 끄는 밝은 창이 하나 있었다. 특별히 밝게 빛나는 커다란 별처럼 신선해 보였다. 나는 목을 빼고 건너다보았다.

우리 집보다 한 층 아래인 듯한 환한 그 창안에는 한 여자가 다리미질을 하고 있었다. 소매 없는 밝은 색 윗도리를 입은 젊은 사람인 것 같았다. 저 집도 낮에는 문을 꼭꼭 닫고 있다가 조용해진 밤에 활짝 열어 놓고 다리미질을 하는 모양이었다.

그런데 이튿날 밤에도 늦은 시간에 그 창에서는 그렇게 다리미질을 하고 있었다.

신접살림이나 할 만한 이 작은 아파트에서 저 여자가 다리고 있는 것은 "아마도 남편의 와이셔츠 쯤이지 않을까 싶었다." 그런데 왜 이렇게 늦은 시간에 다리는 것일까?

어쩌면 맞벌이 부부로서 낮에는 시간이 없기에 퇴근해서 돌아와 저녁밥을 해먹은 후, 이렇게 늦은 시간에 다리미질을 하는 모양이다. 그렇지 않고야 남편이 돌아오기 전 다리미질을 해버릴 수 있을 텐데 말이다.

요즘은 집에서 살림만 하는 여자들도 매일같이 갈아입어야 하는 와이셔츠를 다리기가 어렵다는 이유로 많이들 세탁소에 맡겨서 다려 온다. 낮에 직장에 나가는 여자라면 더욱이나 그럴 것이다.

그런데 저 젊은이들은 얼마나 부지런하고 알뜰한 행복한 사람들일까 싶었다. 남편은 지금 설거지를 하거나 아내 곁에 서서 그날의 일과를 얘기해 주고 있을 것이다.

옷이 날개라는데. 의복이 훌륭한 소개장이라는데, 저렇게 날마다 아내가 곱게 손질해 주는 옷을 입고 나가는 하루하루는 얼마나 신이 나고 활기찰까 싶었다.

나는 흐뭇한 마음으로 한참이나 서서 그 창을 바라보았다.

. 5 .

포플러 나무

내가 아주 어릴 때였다. 어느 날 낮잠에서 깨어 보니 휘영한 큰 방에 혼자였다. 봉창을 열고 내다보았다. 넓은 마당에 햇볕만 눈부시다.

할머니는 어디 가셨을까. 봉창문턱에 두 손을 올려 턱을 괴고 마당 건너 문간의 대문을 아득히 바라보았다. 꽉 닫혀 있는 내게는 꼼짝도 하지 않는 큰 대문, 나는 훌쩍이며 할머니를 기다렸다.

그때 문간 옆 행랑채의 왼쪽 울타리 밖에는 포플러 나무가 한 그루 있었다. 그 나무는 파란 하늘에 높이 서서 반짝이고 있었다. 나무가 반짝이는 것이 신기해 나는 울음을 그치고 바라보았다. 하염없이 보고 있으면 살며시 다시 졸음이 오고, 졸음 속에서 하얀 모시옷을 입은 우리 할머니가 그 포플러 나무로부터 부지런히 내게로 오고 계셨다.

어느 해 정월 우리는 희망과 기쁨으로 과수원을 샀다. 그리고 그 과수원집에서 살았다. 그러나 농사일을 해본 적 없는 우리에게 과수원은, 그리고 그 여름 뜻밖의 6·25는 우리를 몹시 고달프게 했다.

그때 창고 옆 울타리에는 매우 큰 포플러 나무가 몇 그루 있었다. 해가 설핏하면 과수원에서 일하고 내려오다가 그 나무를 바라보았다. 노을이 번져 가는 끝없이 높고 넓은 하늘, 그 가운데 높이 서서 반짝이는 포플러 나무. 세상을 두루 보며 모든 슬픔을 알고 있을 것 같았다.

긴 연륜으로 껍질이 참나무처럼 갈라진 아름이 넘는 그 나무를 안고 쳐다보았다. 더욱 넓게 그리고 한없이 키가 커져서 하늘에 닿을 것 같았다. 노을 더 높이 하늘의 신과 마주 보며 이야기하는 것 같았다. 귀를 대고 가만히 들어보았다. 굵은 몸통 속에서 '우우 우 −' 탄식하는 듯 구슬픈 소리가 나는 것 같았다.

어두운 때 창고 방에 누워 조용히 눈을 감으면, 그 나무는 무슨 말을 하고 싶은 것일까 '파드르르르−' 하고 떤다. 속삭일 듯 '사라락' 하기도 한다. 어떤 때는 크게 숨을 토해 내는 것일까 저 높은 곳에서 '솨아–' 하는 소리가 들려온다. 그런 때는 나도 크게 숨을 쉬며 끝없이 넓은 먼 바다가 떠오른다. 그리고 귀 기울여 그 소리가 다시 들리기를 기다렸다.

어학교에 다니던 여름 방학 어느 날이었다. 그날 오후 나는 오르간을 연습하려고 학교에 갔었다. 넓은 운동장도, 큰 나무가 우거져 있는 정원의 벤치도 모두 비어 있고, 음악실도 조용했다.

평소 음악실은 음악수업이 있는 시간 외에는 매우 시끄러웠다. 쉬는 시간, 점심시간 그리고 방과 후 늦도록. 긴 복도 양쪽에 늘어서 있는 피아노실과 많은 오르간 실마다에서 연습하는 소리였다. 공휴일이나 방학 중에도 음악실 문은 열려 있기에 몇몇 학생은 연습하러 온다.

그런데 그날은 아무도 오지 않은 모양이었다. 음악실 문을 열자, 너무 조용하여 여름이건만 써늘한 느낌마저 들었다. 한 오르간실에 들어가 밖으로 난 창을 열었다.

창 앞에는 짙은 향나무가 묵묵히 서 있고, 그 옆에 늘 사람이 모여 공을 치는 정구장도 비어 있었다. 나는 저만큼 운동장 가에 서 있는 한 그루 포플러 나무를 바라보았다. 이파리 무성한 매우 큰 그 나무는 육 년 전 내가 그 학교에 입학할 때도 그랬다. 때문에 늘 나의 시선이 머무는 나무다.

그 나무는 오전에는 푸르지만, 낮에는 무수한 은 조각이 걸려 흔드는 것 같고, 오후가 되면 석양에 물들어 갔다. 나는 우두커니 서서 그 나무를 바라보았다. 은빛으로 반짝이는 나무가 번져 가는 석양에 황금빛으로 물들어 가고 있었다.

보고 있자니 옛날 할머니가 오시던 것처럼 그 나무로부터 '영희야!' 하고 다정하게 내 이름을 부르며 우리 선생님이, 그리고 친구들이 내게로 오는 것만 같았다.

. 6 .

홍시 세 개와 국열이

추석이 가까워지자 늘 다니는 시장통 과일 가게에 갖가지 과일이 그득하다. 어제까지 없던 붉고 맑은 홍시 상자도 놓여 있다. 올해로는 처음 보는 홍시다. 그것을 보자 해죽이 웃는 한 소년의 얼굴이 떠오른다.

오래전 내가 학교를 졸업하고 처음 발령받아 간 곳은 시골의 한 초등학교였다. 일 학년 담임을 맡았는데, 입학식이 끝난 며칠 후였다.

운동장가에 모여 줄도 세우고 출석도 부르는데, 교감 선생이 한 아이를 데리고 와서 내 반에 넣으라고 했다. 일 학년으로는 꽤 큰 아이였다. 잔뜩 찌푸린 이마, 손톱자국이 있는 넓고 누런 얼굴, 누구라도 반길 인상이 아니었다.

게다가 말을 알아듣기는 하는데, 하지를 못해 답답할 때는 괴성을 지르며 닥치는 대로 물건을 집어 던지거나 아이들을 마구 때린다고 했다. 그러기에 두 번이나 입학했지만, 그때마다 얼마 못 가 퇴학을 당했던 아이라고 했다. 그러니까 제대로라면 3학년인 셈이다. 교감 선생은 그 아이 이름이 '국열이'라고 했다.

"다시는 싸우지 않겠다고 나하고 약속했지? 여선생님 말씀 잘 듣고 공부 잘해야 한다." 하고는 내가 사는 집의 바로 뒷집 아이라고 했다. 내가 이름을 외며 머리를 쓰다듬으려고 하자, 국열이는 미간을 더욱 찌푸리며 머리를 흔들어 빼내갔다.

그때부터 나는 그 아이로부터 마음을 놓을 수 없었다. 그 애도 늘 내 눈치를 살폈다. 그러다가도 어느 사이에 또 싸우곤 했다.

한번은 싸우다가 상대 아이의 코피를 터뜨렸다. 나는 아무 말 하지 않고 코피를 멎게 하며 닦아 주고 있는데, 국열이는 옆에 서서 알아들을 수 없는 소리로 귀가 아프도록 변명을 늘어놓고 있었다.

내가 코피를 다 닦아 주고 나서 국열이를 돌아보았다. 그러자 아이는 더욱 창백해지며 두 손을 올려 머리를 감싸 매질을 방어하는 태도를 하며 엉엉 우는 것이 아닌가. 이런 때 선생으로부터 많이 맞아 본 것일까? 나도 저를 그렇게 때릴 줄 알았던 모양이었다.

나는 당황했다. 너무 마음이 아팠다. 나도 모르는 사이 그에의 손을 내려 주고 머리와 목을 감싸 안았다. '그래 부아가 나서 그랬지, 얼마나 화가 나더냐. 말을 못하니…….' 하고 생각하며 등을 다독거려 줄 수밖에 다른 도리가 없었다.

"그래도 다음에는 이렇게 때리지 마, 응?" 하자 아이는 안심한 듯 그리고 알아들었다고 머리를 끄덕이며 제자리로 돌아가 앉았다.

나는 국열이가 잘못한 일이 있어도 웬만하면 모른 척했다. 아는 체를 해야 할 때도 등을 다독거리며 타이를 뿐이었다. 그리고 잘한 일은 아무리 작은 것일지라도, 멀리서라도 웃으며 머리를 끄덕여 주거나 칭찬을 했다.

그렇게 얼마를 지나자, 싸움을 하려고 하다가도 힐끗 나를 돌아보게 되었다. 내가 안 된다고 눈을 크게 하면 알았다고 해죽이 웃으며 고개를 갸웃하고 제자리로 돌아가 앉았다.

그뿐 아니었다. 반에서 제일 크고 힘이 센 국열이는 지금까지는 당번이 되어도 뺑소니를 쳤는데, 이제는 청소도 잘하고 멀리 있는 샘에서 물도 잘 길어 왔다. 환경정리 할 때는 늦게까지 남아서 도왔다. 그리고 다른 아이들이 싸우면 오히려 말리는 입장이 되어 갔다.

한번은 퇴근해서 집에 돌아오니 아직 때 이른 홍시 세 개가 내 방문 앞에 바싹 놓여 있었다. 누가 갖다놨는지 집주인도 모른다고 했다.

이튿날 학교에서 "홍시는 어제 국열이가 제집 감나무에서 딴 것이랍니다." 하고 옆집에 사는 교감 선생이 말해 주었다. 위험하다고 말려도 기어이 높은 가지까지 올라가 끝에 있는 그 홍시를 따더니, 아무도 손을 못 대게 하고는 제 선생님 갖다 드렸다고 하더란다.

국열이네 집 앞마당에는 울타리 앞에 커다란 감나무가 있었다. 얼마나 오래되었는지 무척이나 커서, 쳐다보면 그 끝이 까마득했다. 초여름이면 초록색 잎이 반짝거리는 그 큰 나무로부터 감꽃이 떨어져 내가 사는 집 뒷마당을 하얗게 덮었다.

어느 날 나는 조막만 한 푸른 감을 잔뜩 달고 있는 그 나무를 찬찬히 쳐다보았다. 내가 어릴 때 살던 집에도 큰 감나무가 있었다. 감이 이만큼 컸을 때 쳐다보면 높은 가지 끝에 푸른빛이 가시며 약간 맑을 듯 누릇한 것 두세 개가 달려 있었다. 우리는 그것을 보고 '홍시다, 홍시다!' 소리치고 날마다 쳐다보며 빨갛게 익기를 기다렸다.

하지만 그 높고 가는 가지 끝에 있는 홍시를 어른들도 따 주지 못했다. 그러다가 바람에 흔들려 떨어져 깨지거나 새가 쪼다가 떨어져 곤죽이 되어 버리곤 했다. 어쩌다가 무사히 떨어진 것이 있을 때는 큰 횡재나 만난 듯 좋아하며 그것을 주워 먹었다. 아주 맛있었다.

그때 일이 생각나 국열이네 감나무에도 그런 것이 있는지 찾아보려는 것이었다. 과연 이 감나무의 높은 가지에도 누르스름 맑아가는 것이 몇 개 있었다. 그러나 저렇게 높아서야 아무도 딸 수는 없을 것이다. 아깝지만 새가 쪼거나 바람에 떨어져서 깨져 버리고 말 것이었다.

그랬는데 어느새 이토록 맑고 붉게 익었을까. 방문 앞에 놓여 있던 홍시 세 개는 내가 며칠 전 쳐다보던 때보다 훨씬 더 크고 붉어 보였다.

나는 퇴근해서 그 감나무를 다시 쳐다보았다. 푸른 하늘 깊숙이 벋어 있는 가지에 달려 있던 그 홍시는 없었다. 나는 가슴이 찡했다. 저렇게 높은 가지 끝에 달렸던 홍시를 어린 국열이가 깨뜨리지 않고 어떻게 땄을까. 불그레 익어 가는 홍시를 날마다 쳐다보며, 어린 제가 오죽이나 먹고 싶었을까.

방과 후 코흘리개들과 나란히 교단에 걸터앉아 한 명 한 명 손톱을 깎아 주고 있었다. 그때 가로만 베도는 그 아이에게 손을 내밀며 "국열이도 이리 와–" 하면 오고 싶은 마음이 역력히 들어나 보이건만, 해죽해죽 웃으며 도망치곤 하던 소년. 벌써 40여 년이 더 지났다.

국열이는 그렇게 1학년을 잘 끝마치고, 나는 도시로 전근을 왔다. 그런데 그 후론 어찌 되었는지 모르겠다. 무사히 육학년까지 마쳤을까? 지금은 그 애가 이 험한 세상을 어떻게 살고 있을까.

홍시를 볼 때마다 시골 한지 문 앞에 놓여 있던 홍시 세 개와 갸웃하며 해죽이 웃던 소년 국열이의 얼굴이 떠오른다.

. 7 .

잊히지 않는 선물

며칠 후면 추석이라고 가게마다 선물용 상품이 가득하다. 저 많은 선물이 흐뭇한 인정을 안고 이 집 저 집으로 배달될 것이다.

나도 지금까지 살아오면서 선물을 주기도 하고 받기도 해봤다. 하지만 긴 세월이 지나는 동안 누구에게서 무슨 선물을 받고 주었는지 모두 잊어버렸다. 그런데 잊히지 않는 선물이 하나 있다.

내가 학교를 갓 졸업하고 처음 발령받아 간 시골 초등학교에서였다. 햇병아리 선생인 나에게 일 학년이 맡겨졌다. 직원 조회가 끝난 후 노란 기를 들고 운동장에 나가면 가슴에 조그마한 노란 헝겊을 단 내 반 아이들이 여기저기서 달려온다. 여선생을 만난 것이 아주 좋은 모양이었다. 당시 여선생은 남선생 칠팔 명 중 한 명 정도였으니 말이다.

모두 눈을 반짝이며 나를 열심히 쳐다본다. 칠십여 명이 넘는 그 초롱초롱한 눈들이 얼마나 예쁘고 귀여운지. 모든 면에서 서투른 나를 전혀 눈치 채지 못하고 "선생님, 선생님!" 하며 열심히 따라한다.

봄 소풍 가는 날 아침이었다. 입학식 때도 학부형은 몇 사람 오지 않았다. 입학 후 첫 소풍인데도 따라온 학부형은 할머니 한 분과 어떤 아이의 고모라는 처녀 한 사람뿐이었다.

아이들은 각자 자기의 점심밥을 보자기에 말아 허리에 동여매거나 어깨에 둘러멨다. 군것질감은 점심밥과 함께 쌌는지 혹은 호주머니 속에 넣었는지, 눈에 띄게 들고 있는 아이는 없는 것 같았다. 그래도 아이들은 점심 가지고 소풍 간다는 것만으로도 아주 즐거운 모양이었다.

조회가 끝나고 6학년부터 목적지를 향해 출발하고 있고, 내 반 아이들은 차례를 기다리며 떠들고들 있었다. 나도 아이들과 함께 있었다. 그때 아기를 업은 허술한 차림의 키 작은 한 여자가 한쪽 다리를 절며 내 앞으로 오더니, 손에 들고 온 헝겊 조각을 펼쳐서 삶은 달걀 세 개를 내 손에 쥐여 주었다. 재형이 엄마라고 했다. 재형이는 눈이 강아지같이 귀여운 우리 반에서 키가 제일 작은 아이다. 말을 하거나 대답할 때는 늘 크고 똑똑하게 한다.

입학 초기였다. 조회시간이면 운동장 가에서 견학만 하다가 드디어 선교생과 함께 나란히 줄을 서서 조회를 하게 된 첫날이었다. 교장 선생님이 단위에서 말씀하고 계시고, 나는 상급반 선생님들처럼 아이들에게서 떨어져 저만큼 앞에 서 있었다. 그런데 혼자 쪼르르 달려오더니 나의 치마를 잡고 심히 흔들며,

"선생 예에― 선생 예에― 나 똥 싸고 오께 라 예에― "

큰소리로 외치다시피 하고는 화장실을 향해 전교생 앞을 강아지처럼 내달리던 아이다. 그런데 이 여자가 그토록 귀엽고 밝은 재형이의 어머니라니. 아기를 업고 절름거리며 어떻게 따라가려고 온 것일까 싶었다.

그리고 학부형으로부터 처음 받아 보는 선물인지라 퍽 거북하고 난처했다. 그러나 안 받을 수 없어 "재형이 주지 그러셔요." 하고 어색하게 웃으며 받았다. 그런데 그는 곧 되돌아갔다.

그 후 가정방문 때다. 시골 아이들의 집은 대개 학교에서 멀다. 논밭을 지나 언덕을 돌고 징검다리로 시내를 건너기도 한

다. 그래서 비가 많이 오는 날은 결석이 많았다. 그중에도 재형이 집은 2년 후 그 마을에서 가까운 곳에 분교가 생길 정도로 가장 멀었다. 시오리가 훨씬 넘는다고 했다. 마지막으로 재형이 집에 가는데, 넓은 들을 지나 시내를 건너고 멀리 산모롱이를 휘어 돌아 골짜기 깊숙이 갔다.

재형이는 책보자기를 허리에 돌려 단단히 매고 앞서서 해찰도 하지 않고 그 작은 다리로 부지런히 가고 있었다. 무척 똑똑하고 말을 잘 듣는 귀엽고 사랑스러운 아이다. 그런데 저 조그마한 어린애가 이 먼 곳에서 날마다 학교를 어떻게 다닐까 싶었다.

재형이 집은 산비탈의 몇 집 안 되는 작은 마을에서도 한쪽에 떨어져 있는 오두막이었다. 울타리는 물론, 방 앞에 툇마루도 없고 마당에 앉을 만한 작은 평상이나 돌 같은 것도 없었다. 내가 마당 가운데 서 있자니 재형이 어머니가 길목 어디에서 일하며 기다리고 있었던 듯 손에 흙이 묻은 채 역시 아기를 업고 발을 절며 쫓아왔다. 밥을 지을 테니 방에 들어가 쉬었다가 먹고 가라고만 했다.

재형이네는 농사란 그 산비탈의 밭 한 뙈기와 소작 논 한 마지기뿐이라고 했다. 재형이 아버지가 주로 남의 집 삯일을 하는 것으로 살아간다고 했다. 그날도 어느 집에 일하러 갔다고 하는데, 아이들 말에 의하면 재형이 아버지는 귀가 잘 안 들린다고 했다. 재형이가 늘 큰 소리로 말하는 버릇도 그래서인 듯 싶었다.

나는 너무 늦었다고 하면서 그냥 나왔지만, 그날 어두울 때까지 먼 길을 혼자 걸으며 몹시 마음이 아프고 언짢았다. 지난봄 소풍 때 저 어려운 형편에서 아기를 업고 다리를 절며 새내기 선생인 나에게 주겠다고 달걀 세 개를 가지고 그 먼 학교까지 오다니.

요즘은 양계장에서 달걀이 마구 쏟아져 나오기에 값이 싸다. 하지만 그때는 시골의 각 가정에서 몇 마리 기르는 닭이 낳은 것이 고작이기에 매우 귀하고 값도 비쌌다. 여러 날 모아 열 개씩 맨 것 한두 꾸러미 되면 장에 내다 팔아서 가용도 하고, 아이들 학용품도, 신도 사주고 했었다. 그러기에 아이들이 먹고 싶어 해도 주지 않았고, 귀한 손님이 오면 한 개 풀어서 밥솥에 쪄 상에 올리는 것이 큰 대접이었다.

그러니 당시 재형이네 살림 형편으로써 달걀 세 개는 요즘 서른 개씩 담은 것 서른 판보다, 쉰 판보다 더 값진 것이었을 것이다.

나는 이듬해 도시로 전근을 갔다. 그리고 여러 가지 선물을 받고 주기도 해봤지만 모두 잊어버렸다.

하지만 반세기가 넘은 지금까지 내 옷을 잡고 흔들며 "선생 예에— 선생 예에— 나 똥 싸고 오께 라 예에—" 하고 전교생 앞을 강아지같이 내달리던 귀여운 산골 어린이 재형이, 그리고 아기를 업고 다리를 절며 그 먼 길을 걸어와서 허술한 헝겊 조각을 펼쳐 내 손에 쥐어 주던 삶은 달걀 세 개와 재형이 어머니는 잊히지 않는다.

PART **4**

갈잎

. 1 .

갈잎

   누런 낙엽이 온 산을 뒤덮고 있다. 등성이와 골짜기, 언덕 저 멀리까지. 비탈 아래에 있는 작은 산막의 지붕도 분간할 수 없다.

   두어 달 전만 해도 울창한 숲이었는데, 어느새 이렇게 되어 버렸는지 모르겠다. 멀건 하늘에 앙상한 가지를 벋고 있는 나무들의 키가 유난히 길어 보인다.

   그런데 이 나무들은 짙은 회색의 두껍고 단단한 껍질이 온통 갈라져 있다. 낙엽 또한 크기와 모양은 조금씩 다르지만 갈잎뿐이다. 아마 이 산은 오랜 옛날부터 도토리 상수리가 떨어져서 절로 싹이 돋아 자라난 떡갈나무, 신갈나무, 상수리나무

등 모두가 참나무 족속인 모양이다.

바람 한 점 없는 하오(下午). 갈잎을 보며, 갈잎을 밟으며, 참나무들 사이 오솔길을 천천히 걷는다.

긴 햇살이 살그머니 비추는 곳도 있다. 갈잎들은 눈을 가늘게 하고 조용히 미소하는 것 같다. 어제 이른 아침에는 이슬에 녹녹한 채 가만히 눈을 감고 생각에 잠겨 있는 것 같았는데……

갈잎들은 지난여름 나무에 매달려 계속된 태풍의 그 많은 거센 비바람의 휘둘림으로부터 이제야 평안한 안식을 누리고 있는 듯하다. 그래서인지 나도 이 산에 막 들어설 때의 스산하던 마음이 사라지고 차분하고 편안해진다. 어쩐지 모르게 끼어들어 있던 번거롭고 어지러운 그 세계에서 벗어나 조용한 내 자리로 되돌아온 것 같다.

갈잎들은 책갈피에 넣었던 것처럼 납작한 것은 없다. 대롱처럼 말린 것도 있지만 거의가 가슴을 오긋이 오므리거나 허리를 굽히고 서로 몸을 의지하고 있다. 갈잎들이 모여 있는 모양이란 곰실곰실 여간 귀여운 것이 아니다.

나는 걸음을 멈추고 서서 가만히 내려다보았다. 그들은 조용조용 소곤거리고 있는 것 같다. 갓난아기처럼 곰지락거리며 옹알옹알 하고 있는 것도 같다.

한참이나 이렇게 잠자코 바라보고 있다가 나는 깜짝 놀랐다. 갈잎들이 한 잎 한 잎 모두 방글거리는 어린 아기의 얼굴인 것 같아 보이기 때문이다. 오래전 밖에서 돌아오는 나에게어서 오라며 꼭 어린아이와 같이 웃으시던 아흔아홉이나 되신 우리 할머니의 얼굴인 것도 같고…….

어떤 이는 낙엽이란 늙고 병들어 버림받은 것이다, 혹은 꿈의 껍질이다 하며 슬퍼한다. 하기야 길 위에 떨어져 밟히기도 하고 구르다 미끄러지다 어디론지 날아가 버리던 낙엽, 아직 푸르건만 벌레에 먹혀 그물처럼 잎맥만 남은 채 나무 아래 누워 비를 맞고 있는 낙엽, 그런 것을 보면서는 나도 슬펐다.

하지만 커다란 은행나무 아래 수북이 쌓여 있는 노란 은행잎, 이파리마다 윤이 나며 여러 가지 색으로 예쁘게 물들어 잔뜩 떨어져 있는 감잎, 자주나 주홍 등으로 물든 단풍나무 아래 쏟아져 있는 단풍잎은 얼마나 아름답고 신비스러운가.

그것들을 바라보고 있노라면 내 마음도 그와 같이 채색되어 온다. 조용히 접었던 날개가 어디로 날자는 것인지 다시금 펄럭이며 설레어 온다.

지금 여기 조용히 온 산을 덮고 있는 모양도 없고 색깔 또한 누렇기만 한 갈잎들은 바라볼수록 마음이 차분히 가라앉는다. 고단한 긴 여행으로부터 허물없고 편안한 내 본래의 집으로 돌아온 것처럼 아늑하게 느껴진다.

　서 있자니 다리며 발가락이 옴질거려진다. 어릴 때 동무들과 짚 덤불 속에 파묻히듯 갈잎들 사이로 끼어들고 싶은 것이다. 아기가 되어 방글거리는 아기들과 아기처럼 웃으시는 아기 같은 할머니와 얼굴을 부비며 함께 키득거리고 싶은 것이다.

　다람쥐 한 마리가 도토리를 물고 부지런히 갈잎 속으로 숨는다. 멧새 한 마리가 이쪽저쪽 나지막한 나뭇가지로 날며 갈잎들을 들여다본다. 아마 오늘 밤 잠자리를 찾는 모양이다.

.2.

지리산에 가다

막내아들은 산에 자주 간다. 공휴일이면 새벽에 갔다가 저녁 늦게 돌아오기도 하고, 텐트며 한 짐 잔뜩 지고 토요일에 갔다가 이튿날 오기도 한다. 산이 그렇게 좋으냐고 물으면 그렇다고 한다.

나도 산이 좋다. 젊을 때는 가끔 가기도 했지만 세월이 가면서 이제는 산에 가 본 지가 까마득하다. 그런데 요즈음 막둥이를 보면서 주렁주렁 무겁고 귀찮은 살림살이 다 벗어 버리고 나도 산에나 가고 싶다.

그래서 "나도 한번 따라가 보자" 했더니 "좋지요," 하며 이번 추석과 개천절이 연이어 있으니 그때 지리산에 가자고 한다. 딸이 곁에서 듣고, 그때라면 자기도 갈 수 있다고 한다.

해발 1,915m의 천왕봉을 둘러 700리, 높고 낮은 봉우리와 길고 짧은 능선으로 이어진 지리산은 우리나라에서 가장 웅장한 산 중의 산이라고 한다. 나는 초등학교 때 소풍 가는 날 아침처럼 설레며 담요, 파카 등을 넣은 배낭을 메고 아들딸 따라 집을 나섰다.

나로서는 에베레스트 등반만큼이나 대단히 생각하고 갔건만 성삼재 넓은 주차장은 차와 사람으로 가득하다. 한참 걸어서 산장에 이르자 바람이 세다. 걷느라고 땀을 흘린 탓인지 파카를 입어도 추운데, 밤에는 비까지 올 것이라는 예보였다.

여기 와서 세 번이나 비를 만났다는 막둥이는 나를 위해 노고단 봉우리만 오르고 되돌아가는 것이 좋겠다고 하지만, 내게는 언제 또 있을지 모르는 모처럼의 산행이다. 하룻밤 고생쯤 견디어 보기로 하고, 노고단 봉우리를 아쉽게 돌아보며 원시림으로 들어섰다.

닳고 닳은 오솔길, 주위는 갈수록 습기 차고 어두운 것이 영화에서 본 깊은 정글 같다고나 할까. 하늘을 가린 아름드리나무들이 앞뒤 좌우 끝이 없다. 이끼가 잔뜩 끼어 있기도 하고, 용틀임으로 굼닐며 꺾인 듯 휘어 돌기도 하고, 기생식물이 휘감고 너풀거리기도 한다.

수백 년 자라 용 같은 나무가 뿌리째 뽑히거나 밑동이 부러져 내 앞을 가로막고 누워 썩고도 있다. 저만큼 숲도 비켜선 듯 하늘이 트인 곳에 우뚝우뚝 서 있는 하얀 고사목들은 절개 높은 옛 선비의 백골인 듯하여 숙연해지기까지 한다.

수수 세기 동안 부글부글 괴어오른 늪같이 무섭게 우거져 있는 수풀, 지리산에는 무려 421종의 동물과 824종의 식물이 살고 있다고 한다. 필시 저 짙은 수풀 속에는 금방 내 앞을 쪼르르 달려간 다람쥐를 비롯해, 곰·노루·여우·너구리 등 온갖 짐승이 살고 있을 것이다. 혹 호랑이도 살고 있는지 모르겠다. 처음 보는 풀과 나무도 많고, 알지 못하는 노란색 보라색의 고운 꽃도 피어 있다.

나는 걷다가 우뚝 멈추어 서기도 하고 멈칫거리기도 하며 감탄사를 연발했다. 조금 전 "수고하십니다." 하고 지나간 젊은이들이 벌써 노고단까지 갔다가 되돌아온다. 어떤 이는 나에게 "대단하십니다." 하고 지나기도 한다. 고마운 말이기는 하나, 나이 많은 사람이 어찌 이런 곳까지 왔느냐고 하는 것도 같다.

내가 돌아서서 그들을 향해 권투선수 같은 시늉을 하며 눈을 부릅떠 보이자 아이들이 웃는다. 하릴없이 나도 피식 웃고 돌아서서 "야— 이것 봐라, 저것 좀 봐라—!" 하고 소리친다. 사방 하늘이 탁 트인 산정에 이르렀을 때, 우리는 하늘 한가운데에 우뚝 선 듯, 그래서 그 하늘을 온통 들이마셔 버릴 듯 숨을 쉬었다. 그리고는 다시 숲 속으로…….

그날 밤 임걸령 큰 재에서다. 손전등에 비친 구름이 무섭게 달린다. 천막 안에 누우니 지리산의 냉기가 모두 내 등에 스미는 듯했다. 나는 고슴도치가 되어 잠이 들다 깨다 하면서 얼마쯤 지났을까, 무서운 소리에 정신이 번쩍 났다.

우레인가, 폭풍인가, 덮쳐 오는 해일인가. 온 산이, 나무와 풀, 바위와 흙이 모두 뒤집히며 곤두박질치고 있는 것 같았다. 지금 천막 밖에서 큰 전쟁이 일어나고 있는 것 같았다. 나는 숨을 죽인 채 꼼짝 못하고 그 소리를 듣고 있었다. 그러다가 새벽녘에 깜박 잠이 들었던 모양이다.

아침에 일어나 보니 주위가 조용했다. 비는 오지 않았다. 어제 다섯이던 천막 중 셋이 벌써 떠났고, 서너 명의 젊은이가 커다란 배낭을 메고 천왕봉 쪽으로 성큼성큼 가고 있다.

나는 골짜기로 불거진 큰 바위에 올라섰다. 발아래 천 길 깊은 골짜기가 아찔했다. 벋어 오른 험한 산줄기와 솟아난 봉우리가 숨이 차다.

이 험준한 골짜기와 산줄기들은 어젯밤 그 바람이 할퀴고 긴 자국일까? 그 바람의 형상일까? 얼마나 사무친 원한이 크기에 그토록 무섭게 울어댔을까.

그렇건만 여명(黎明)으로부터 점점 선명하게 드러나는 지리산의 모습은 이슬에 씻고 무수한 푸른 나무로 치장하고 일어서는 화사한 여신 같다. 싱그럽고 아름답다. 우아하고 장엄하다. 700리 넓은 구름바다에 크고 작은 수많은 섬으로 잠긴 듯 떠 있는 듯, 지리산 봉우리들은 옛말 그대로 선인과 불사의 영약이 있다는 영주 봉래 방장산이 아닐까. 나는 그만 주저앉아 울고 싶다. 너무 아름답기에, 그리고 슬프기에……

아이들이 부르는 소리가 들려왔다. 그만 떠나자는 모양이다. 그러나 나는 꼼짝도 할 수 없었다. 언제까지나 이 산속에 푹 잠겨 있고 싶었다. 하지만 어쩔 수 없는 일, 돌아서다 다시 한 번 둘러보는 지리산은 어젯밤 그 심한 폭풍에도 돌멩이 하나 구른 흔적 없다. 참으로 범속한 나로서는 헤아릴 수 없는, 성스러운 산이다.

오늘은 이 명산의 품성을 깊이 음미하며 능선을 타리라. 숲을 헤치리라.

. 3 .

털 북데기 조올

  털 북데기 조올은 주로 마루 앞 토방에 두 앞발을 세우고 앉아 있었다. 배를 깔고 엎드려 머리만 들고 있기도 했다. 집에 드나드는 사람을 모두 간섭하며 이 집을 철저히 지키겠다는 듯 대문간을 향해 그렇게 있었다.

  그러다가 대문이 열리며 식구가 오면, 반가워 못 견디겠다는 듯 꼬리는 물론 방둥이까지 흔들며 달려가 끙끙거리면서 펄쩍펄쩍 뛰어오른다. 하지만, 모르는 사람이면 벌떡 일어나 맹수처럼 으르렁거리며 짖어댔다.

  그러기도 하지만 조올이 그 자리를 그렇게 지키는 것은 실은 식구들이 드나들 때 신을 신고 벗으며 저를 봐주고 말을 걸며 예뻐해 주기 때문이기도 할 것이다. 때로는 아이들이나 내가 마루에 걸터앉아 쓰다듬어 주고 끌어안고 긴 털 속에 손을 넣어 머리며 목이며 여기저기를 살살 긁어 준다. 그러면 그놈은 발랑 드러눕는다. 그래서 가슴과 배도 긁어 주면 무척이나 좋은 모양이었다.

몇 년 전 마당이 넓은 집으로 이사했을 때, 개를 기르자는 아이들의 성화를 이제는 거절할 이유가 없었다. 그래서 바람이 선선한 초가을 어느 날, 중학생이던 딸하고 강아지를 사러 장에 갔었다.

그때는 지금처럼 개의 종류가 많지 않았고, 애완동물을 전문으로 취급하는 애견사도 없었기에 이런 개 저런 개 가릴 수도 없었다. 개를 기르고 싶으면 친척 집 중 개가 새끼를 낳았다고 하면 한 마리 얻어 오든가 아니면 장에 가서 사 와야 했다. 다 자랐을 때는 거의가 몸이 크고 털이 짧고 정이 많은 우리나라 재래종, '워-리-!' 하고 부르면 대문간이나 마루 밑 어디서든 기뻐 꼬리 치며 달려오는 그런 개였다.

장은 항상 많은 사람으로 붐빈다. 그런데 사람이 좀 덜 붐비는 계천 갓길 한옆에 머리에 수건을 쓴 할머니 한 분이 앞에 바싹 다가놓은 짚둥우리를 흰 광목치마로 거의 덮듯이 감싸고 앉아 계셨다.

시골에서 오신 듯한 할머니가 뭘 저렇게 품고 계시나 하여 들여다보니, 그 짚둥우리 속에는 반질반질 까만 강아지 몇 마리가 서로 머리를 파묻고 한 덩이가 되어 있었다. 머리도 꼬리도 안 보였다. 행여 추울세라 어린 손자를 품듯 하고 계시는 할머니의 모습도 정겹지만, 강아지들 하고 있는 꼴이 어찌나 귀여운지 모르겠다.

미소로써 보고 있자니, 할머니가 자기 집 북슬이가 낳은 강아지라고 하며 한 마리 사라고 하셨다. 그리하여 그중 한 마리를 떼어내 사서 보에 쌓아 딸아이가 안고 왔었다. 물론 종류 같은 것은 묻지도 않았다.

그런데 이놈은 어찌나 사람을 조올 졸 따라다니는지, 귀엽게 저 하는 대로 '조올 졸, 졸졸' 하던 것이 그만 이름이 되어 버렸다.

조올은 커 가면서 검은 털은 줄어들고 누런 털이 많아졌는데, 목이며 온몸의 털이 유난히 길고 다리까지 우북했다. 머리로부터 길게 자란 털은 크고 맑은 눈을 완전히 내리덮어 버렸다.

어미 이름이 북슬이라고 했는데, 어미가 이렇게 북슬북슬 털이 많고 길었던 것일까? 당시로서는 흔치 않은, 우리는 처음 보는 종이었다. 그래도 잘도 보고 쫓아다녔다.

그 녀석이 가만히 엎드려 있을 때 보면, 털 북데기 속에 한 점 코만 까맣게 반질거렸다. 어떤 때 문간에 모르는 사람이 들어오면 엎드려 있다가 벌떡 일어서는 모습은 마치 꼬마 신령님 같았다. 그래서 그 사람을 혼내 주겠다는 듯 마구 짖어 댔다.

달릴 때는 머리털이 뒤로 펄펄 날렸다. 어느 옛 그림에서 본 우리나라 재래종 삽사리 같았다. 어쩌면 이 녀석이 삽사리의 혈통을 지니지 않았나 생각되자 더 귀여웠다.

여름이면 토방이나 나무 아래 아무 데서나 잤다. 겨울에는 담요와 헌 털옷 등을 포근히 넣어 바람 없고 볕드는 곳에 제집을 만들어 주었건만, 부엌 구석이나 마루 밑 깊은 곳에 제가 흙을 파 옴폭하게 자리를 만들어 놓고 거기서 웅크리고 잤다.

눈이 수북이 내린 아침, 사람들은 실내에서 창밖을 보며 '참 춥겠다.' 하고 있으면 조올은 혼자서 눈밭을 이리 뛰고 저리 달리고 야단이다. 그래도 요즘처럼 옷을 해 입힐 생각은 하지 못했었다.

눈을 덮은 앞머리를 빗어 올려 핀이나 리본으로 매 주려고 몇 번이나 시도해 봤지만, 그때마다 어찌나 뻗대며 발버둥을 치는지 해 줄 수 없었다. 겨우 매 줘도 제 발로 쥐어뜯어 기어이 풀어 버렸다. 결국 "에라, 너 생긴 대로 살아라." 하고 그냥 놔두는 수밖에.

그러던 어느 날, 아는 사람이 키가 껑충 크고 늘씬한, 포인터 한 마리를 데리고 왔다. 선물로 받은 것인데 식구들이 모두 직장과 학교에 가느라고 종일 줄에 매, 좁은 집에 혼자 놔두니 안 되겠다고 하며 마당이 넓은 우리 집에서 기르라고 했다. 이름은 '부르더스'라고 했다. 우리 조올보다 키며 몸길이며 배는 될 성싶었다.

그런데 그 개는 넓은 마당에 풀어 놔도 잘 돌아다니지 않고 음식을 조금씩만 먹었다. 그리고 가만히 앉아 있거나 엎드려 있기만 했다.

그런데도 조올이 그 개에게 어찌나 사납게 구는지, 큰 개가 자꾸 뒤로 물러나다가는 돌아서서 달아나기도 했다. 사람이 그 개를 부르거나 그 개에게 관심이 있어 보이면 더 했다. 그뿐 아니었다. 제 밥엔 입만 대다 말고 큰 개가 먹고 있는 밥을 쫓아가 빼앗아 먹기까지 했다. 조올을 제 밥그릇 앞에 끌어다가 들이대며 "네 밥 먹어. 남의 밥 뺏어 먹지 말고!" 하며 야단을 쳐도 그 버릇을 가끔 또 했다.

한번은 대문이 열려 있었던 모양이다. 밖에서 조올이 죽을 둥 살 둥 짖어대는 소리가 이상스러워 나가 봤다. 부르더스가 집 앞 언덕 아래 논에 빠져서 낑낑거리며 허우적이고 있고, 이

웃 방앗간집의 덩치가 송아지만 하고 돼지처럼 살 찐 누런 개가 어슬렁어슬렁 되돌아가고 있었다.

그 뒤를 조그마한 우리 조올이 저만큼 쫓아가며 그렇게 짖어대고 있었다. 그 개가 돌아보면 멈칫했다가는 다시 쫓아가며 짖었다.

그 개가 처음 보는 부르더스를 쫓아가자 키만 겅중 했지 순해빠진 것이 겁에 질려 도망치려다 그만 논에 빠진 모양이었다. 그것을 보며 야무진 우리 조올이 동료애로 분이 나서 그 큰 개를 해보지는 못하고 그렇게 쫓아가며 짖어대는 모양이었다.

그 후 부르더스는 밥을 더 잘 안 먹고 설사를 해, 약을 사다 먹이고 멀리 시내에 있는 수의과 병원에도 찾아가 봤지만 결국 죽어 동네 뒤 멀찍이 떨어진 산기슭에 묻어 주었다.

그런지 얼마 후 어느 날, 조올이 없어졌다. 대문이 열려 있으면 나가기도 하지만, 언제나 곧 돌아오기에 문을 열어 놓고 기다렸는데 그날은 어두워지도록 돌아오지 않았다. 이름을 부르며 온 동네를 구석구석 다녀 봤지만, 찾지 못했다.

이튿날은 멀리 외따로 있는 개 사육장에도 가보고 혹시나 하여 부르더스를 묻은 산기슭까지 가 봤지만 흔적도 없었다. 그 똑똑하고 영리한 우리 조올이 어디를 간들 집을 못 찾아올

리 없는데.

아들 형제가 죽은 부르더스를 상자에 넣어 자전거에 싣고 묻으러 갈 때 내가 문간에 서서 조올을 아무리 불러도 기어이 따라갔다. 그리고 돌아올 때는 안 오려고 뻗대는 것을 억지로 데리고 왔다고 했다. 그런데 제가 그리도 괴롭히던 부르더스를 혼자서 찾아갔던 것일까?

그 무렵 개 도둑이 있다는 말을 들었는데 외진 그곳에서 어느 몹쓸 사람에게 잡혀 끌려간 것이 아닐까? 그러지 않고야 돌아오지 않을 리 없었다.

벌써 많은 세월이 지났다. 오늘 증명사진 한 장이 필요해 사진첩을 뒤적이다가 조올 사진이 나왔다. 마당의 풀밭에서 나를 향해 달려오는 것을 찍은 것이다. 그 맑고 큰, 기쁨이 가득한 눈으로 나를 쳐다보며 펄쩍펄쩍 뛰어오르던 쾌활 명랑하고 당찬 귀염둥이다.

부르더스를 질투하고 또 그리워 찾아갔다가 돌아오지 못한 한없이 사랑스러운, 정이 많은 털 북데기 우리 조올이다.

. 4 .

청개구리

"뻐꾸기 소리를 들을 수 있다면 서울도 살 만한 곳이 아니겠느냐?" 하고 말한 분이 계셨다. 내가 콘크리트와 벽돌로 꽉 막힌 도심에서 멀찍이 교외로 이사한 것도 그러한 마음에서다.

동네 뒤는 산이고, 집 앞은 논이다. 마당도 넓다. 얼마나 좋은지 단단한 마당을 삽과 호미로 힘들여 파서 채소며 온갖 꽃씨를 빈틈없이 심고 뿌렸다.

못자리 보기가 시작되자 제비가 거실로 날아들어 자꾸만 액자 위에 집을 지으려고 한다. 어릴 때 대청에 날아들던 제비 생각이 나서 무척 반갑다. 하지만 마루를 더럽히기에 비를 거꾸로 치켜들어 쫓아냈더니, 마당의 빨랫줄에 나란히 앉아 재

재거린다. 아마 나에게 원망들을 하는 모양이다.

모 심는 철이 되자 앞 논에서 개구리가 울어대고, 뒷산에서는 꾀꼬리 소리가 해맑다. 마당에는 초봄에 심은 꽃들이 다투어 피어난다. 그 때문인지 각가지 나비와 벌이 날아오고 이름 모를 여러 종류의 예쁜 새들도 날아와 어우러진다.

어디서 왔는지 두꺼비도 있다. 엉금엉금 기어 다니는 것이 아예 눌러 살고자 작정을 한 것일까. 상일꾼의 손등같이 듬직한 그 복두꺼비에게 나는

"다른 데 가지 말고 꼭 우리 집에서 살아라." 하고 당부까지 했다. 틀림없이 이놈은 우리 집에 복을 가져다줄 것이다.

나는 지난날 도심에서 살 때 조롱 속에 새를 기른 적이 있다. 작은 화분에 소나무 분재를 가져본 적도 있다. 하지만 조롱 속에 움츠리고 있는 새를 보거나, 철사와 노끈에 칭칭 감겨 있는 분재를 대할 때마다 마음이 답답하기만 했다. 그랬는데 그것들을 모두 거기 줘 버리고 온 요즈음은 얼마나 마음이 가벼운지, 이제야 내가 그 조롱과 화분에서 풀려나 마음 놓고 숨을 쉬는 것 같다.

한번은 어딘지 가까이에서 '깍깍! 깍깍!' 크게 소리치는 놈이 있었다. 어떤 녀석이 저리 큰소리를 치는가 하고 가만가만 그 소리를 따라가 보았다. 담에 매 놓은 새끼줄을 타고 우거진

넓적한 호박잎 위에 내 손톱만 한 배추 색 청개구리 한 마리가 앉아 있다. 내가 언제 무엇을 어쨌느냐는 듯 불거진 눈을 크게 뜨고 입을 넙죽 다문 채 시치미를 뚝 떼고 있다.

제 표정이 아무리 그럴지라도 윤나는 표피가 어찌나 여리게 보이는지 만졌다간 손에 묻어날 것 같고, 곧 녹아 물이 되어 버릴 것만 같다. 그런데 이런 놈이 그토록 큰소리를 어떻게 내는지 모르겠다. 그 소리는 장독 뒤나 채소밭, 목련 나무 등 아무 데서라도 가끔 들려온다.

어느 날 저녁이었다. 내가 부엌에서 설거지를 하고 있는데, 막둥이가 피아노 위에 개구리가 있다고 소리쳤다. 나는 '거실에 있는 피아노 위에 웬 개구리?' 하고 생각하면서도 가 보았다. 과연 커다란 검은 피아노 위에 손톱만 한 청개구리 한 마리가 전깃불 빛에 반짝이는 비취 알 같이 엎드려 있다. 초록색 맑은 물방울 같기도 하다. 불거진 커다란 눈과 넙죽 다문 입, 놀란 듯 턱밑 목을 발룽거린다. 우리 식구는 모두 피아노 앞에 모여 서서 비취알 같은 그놈을 들여다보고 '야!' 감탄하며 웃었다. 참으로 도시에서는 볼 수 없는 진풍경이다.

우리는 해지기 전에 방충 문을 모두 닫는다. 저녁이 되어 방에 불을 켜면 온갖 곤충들이 문이 열리기만 하면 모두 방 안으로 돌격할 태세로 잔뜩 붙어 있기 때문이다. 그 곤충들 가운

166

데는 으레 청개구리도 한두 마리 붙어 있다. 그놈들은 네 발에 각각 네 개씩의 작고 동그란 흡반처럼 생긴 발가락 열여섯 개를 볼록거리는 하얀 배때기를 둘러 쫙 벌려 펴고 있다. 조그마한 예쁜 꽃송이 같다. 그런데 이놈들은 꼼짝도 않고 있다가 작은 벌레나 곤충이 가까이 오면 '날름!' 두꺼비가 파리를 채먹듯 그렇게 먹어 버린다. 때로는 건드려도 죽은 척하고 있다가 어찌 생각하고는 발발 기어가기도 한다. 여간 능청스러운 게 아니다.

한번은 한낮이었는데 거실 앞문 위의 작은 덧창과 안창 사이 깊숙이에서 울어댔다. 거기까지 어떻게 올라가고 또 그 좁은 틈새에 어떻게 들어갔는지 모르겠다. 아무튼 종일 그대로 둔다면 뜨거운 여름날 말라죽을 것만 같아 의자를 놓고 올라서서 조심조심 창을 이리 밀고 저리 닫고 하면서 그놈을 겨우 찾아내 풀밭에 놓아 주기도 했다.

우리 가족은 피아노 위의 초록색 작은 손님을 밖으로 내놓아야겠는데 어떻게 하는 게 좋을지 의견이 분분했다. 방충 문을 조금만 열면 된다느니 그래도 안 된다느니, 어두운 뒷문을 열면 모기가 들어오지 않을 것이라느니 한참을 옥신각신 떠들었다. 결국, 딸아이는 어두운 뒤쪽 방충 문을 향해 한 손에 두 개씩 양손에 부채 네 개를 들고 부채질을 하고 막둥이는 그놈을 두 손으로 떠내어 "물 먹고 밥 먹고 내일 또 와!" 하면서 큰 아이가 살짝 열어 주는 방충 문밖으로 내놓아주었다.

아침 일찍부터 저녁 늦게까지 직장에서 학교에서 종일 시달 리고 돌아온 우리 가족은 저녁밥을 먹은 후면 곧 각각 자기 방 으로 기 버린다. 그런데 요즈음은 청개구리가 또 들어오시 않 았나, 방충 문에는 몇 마리나 붙어 있나 궁금하여 저녁식사 후 모두 거실에 들르곤 한다. 그러노라면 가족이 한자리에 모이 게 되고 낮에 있었던 이런저런 얘기들도 하게 되어 단란한 시 간을 가진다.

어떤 이는 아침 산책길에서 본 한 송이 작은 풀꽃으로 인해 그날 하루가 즐겁다고 했다. 우리 가족은 여름밤 작은 청개구 리로 인해 하루의 피로와 긴장이 풀리곤 한다.

"깻깩! 깻깩! 깻깩!"

어디선지 청개구리 소리가 들려온다. 들을수록 기분이 상쾌 해진다.

. 5 .

텃밭 가꾸기

마당이 넓은 새집으로 이사했을 때 얼마나 좋은지, 장에 가서 씨앗이라고 하는 것은 모두 조금씩 사왔다. 그리고 여러 날 힘들여 생땅을 파 빈틈없이 뿌리고 심었다.

여학교에 다니던 여름방학 어느 날이었다. 몇 명의 동무와 시골 동무 집에 놀러 간 적이 있는데, 그 집은 짙푸른 울안텃밭이 얼마나 넓은지 마루에 앉아서 보니 사방 끝이 아득했다. 동무는 그 텃밭 멀찍이 한쪽 끝에서 큰 대바구니에 옥수수를 그득히 꺾어다가 커다란 검은 무쇠 솥에 쪄 주었다. 앞뒷문을 활짝 열어 놓은 대청에서 뜨거운 옥수수 바구니를 둘러앉아 후후 불며 먹던 그 옥수수 맛이 지금도 잊히지 않는다.

이제 세월이 많이 지났지만, 나도 마당이 꽤 넓은 집으로 이사했다. 물론 그 친구의 집 텃밭에 비하면 턱없이 작지만, 그래도 그 텃밭처럼 푸르게 마당 수북이 가꾸고 싶은 것이다. 드디어 싹이 돋기 시작하자, 하루에도 몇 번씩 들여다보며 기뻐했다. 긴 호스를 사다가 아침저녁으로 물도 뿌려 주었다.

그런데 돋아난 속잎이 어쩐 일인지 파랗지를 않았다. 처음엔 떡잎이라 그러나 했는데, 날이 갈수록 그게 아닌 것 같았다. 거름기 없는 생땅이라 그러나 보다 하고 비료가게에 가서 물었더니, 요소를 주라 하기에 한 포 사왔다. 그리고 조금씩 옆에 놔주자 곧 파랗게 생기가 났다. 하지만 얼마 가지 않아 또 그렇게 노릿해졌다. 그때마다 요소를 놔주었더니 이제 제법 많이 자랐다.

한데 어느 날 보니 여기저기 진딧물이 생겼다. 들여다보며 '농약을 해야 하나?' 걱정하고 있는데, 이웃집 영감님이 보시고 돌덩이 같은 생땅을 억지로 파고 씨를 넣었으니 무엇이 되겠느냐고 하셨다. 처음부터 퇴비나 두엄을 잔뜩 박아 주고 갈아엎어 흙이 부드러워진 후 씨를 심었어야 했다고 하면서 이제라도 두엄을 구해다 주라고 하셨다.

그래야 작물이 건강하여 벌레도 안 생기는 것이지, 생땅에 자꾸 화학비료만 주니 토질이 더 나빠지고 작물은 점점 더 약

해져서 그렇게 벌레가 성하는 것이라고 하셨다. 그러기에 해마다 두엄을 박아 주고 갈아엎은 시커먼 숙전(熟田)이 좋다는 거 아니겠느냐고도 하셨다.

마침 멀지 않은 곳에 두엄이 있다기에 한 리어카를 사왔다. 턱없이 모자라 다시 가서 덜 삭았다고 하는데도 '일단 줘 두면 삭겠지' 하는 생각으로 수북수북 두 리어카를 더 사다가 듬뿍씩 놔주었다. 그런데 며칠 후 하나둘 죽는 것이 생겨났다. 살펴보니, 나중에 사온 덜 삭았다는 두엄덩이에 닿은 작물이 두엄과 함께 썩고 있었던 것이다. 그제야 두엄이 안 삭았다는 말이 무슨 뜻인지 알고 작물에 닿아 있는 것을 일일이 조금씩 비켜 놔주었다.

두엄을 준 후로는 화학비료와는 달리 상당한 기간이 지난 뒤에야 거름발이 조금씩 났다. 풀을 뽑고 매고 물을 주고, 그리고도 안심이 안 되어 가끔 요소도 주었다.

한여름이 되자, 작물이 많이 자라 텃밭이 제법 수북했다. 장마 후 더욱 흐드러졌다. 담장만큼 자란 옥수수들이 수염을 기르고, 들깨와 고추.콩.팥 등의 이파리가 너풀거렸다. 오이와 토마토는 지지대를 타고 노란 꽃을 피우고, 상추 쑥갓 등 채소는 미처 뜯어내기가 바빴다. 호박밭은 우거져 발을 들여놓을 수 없었다. 내가 텃밭을 제법 잘 가꾼 모양이었다.

171

그런데 그 영감님은 콩에는 거름을 안 줘도 되는데 자꾸 요소를 줬기에 잎만 무성하고 실속이 적을 것이라 하시며 열매 있는 작물에는 복합비료를 써야 했다고도 하신다.

그러고 보니 이 텃밭을 가꾸면서 내가 잘못한 것은 이만저만이 아니다. 처음부터 잘 삭은 두엄을 밑거름으로 잔뜩 넣어 주고 갈아엎어 흙이 부드러워진 후에 씨를 심었어야 했다. 비료도 작물 종류에 따라 구분해서 주고, 비료를 준 후에도 흙으로 덮지 않았기에 거름기가 많이 증발해 버렸을 것이다. 또 호박덩굴을 땅바닥에 뻗도록 해, 장마 통에 줄기며 호박들이 물에 잠기고 흙에 묻혀 많이 썩어 버리기도 했다.

하지만 이제는 어쩔 수 없다. 어느새 코스모스가 하나둘 피기 시작하더니 마당이 점점 누르스름해 가고 도라지의 고운 꽃과 잎도 볼품없이 되었다. 어제는 옥수숫대 몇을 쳐내고 잡초를 걷어냈더니, 그쪽 담이 훤하고 개운해서 좋다.

요즘 아들은 졸업을 앞두고 시험 준비에 바쁘다. 오늘도 아침 일찍 대문을 향해 마당을 걸어가는 아들을 보며 농사 중 제일이 자식농사라는 말이 생각났다. 이제 나는 철이 지나 버린 이 텃밭과 같다. 그리고 아들은 이제 한여름을 맞으려 한다.

그런데 나는 어미로서 아들에게 잘 삭은 두엄을 많이 간직한 옥토였을까? 아니, 올여름 텃밭을 가꾸듯 그렇게 준비 없

172

이 무지하고 어리석지는 않았을까? 아들의 뒷모습을 바라보며 미안하고 민망스러운 마음으로 가슴이 아프다.

오늘부터는 별 수확도 없는 이 텃밭을 다 거두어 한쪽에 쌓고, 풀을 베어다 함께 얹고 비닐로 잘 덮어 두엄을 만들어야겠다.

. 6 .

할머니-, 호박꽃이 피었어요

마당이 넓은 교외로 이사했을 때, 한쪽을 널찍이 잡아 구덩이를 몇 파고 호박씨를 심었다.

시장이 먼 그곳에서 애호박은 부침개나 호박볶음, 호박 된장찌개 등 여름철 손쉬운 반찬거리가 되기 때문이다. 또 내가 어렸을 때 겨울이면 대청 한쪽에 크고 누런 호박이 몇 덩이씩이나 쌓여 있던 생각이 나서다.

겨울 밤 안방의 호롱불 아래 놓인 안반에 어머니가 부엌에서 들고 온 뜨거운 시루를 엎었다가 빈 시루만 드러낼 때 무럭무럭 피어나던 구수하고 뜨거운 김, 그 김 속에 환상처럼 수북이 드러나던 희고 붉고 노란 호박 팥 시루떡은 얼마나 맛있던

가. '그만 먹어라, 뱃병 나겠다.' 하시는데도 자꾸만 더 먹고 싶었다.

할머니는 그것을 말려서 오래도록 잘 간수하셨다가 밥솥에 얹어, 부드러워진 것을 낮이면 내게 한쪽씩 주셨다. 또 눈 오는 날 할머니 곁에 앉아 궁금하여 칭얼거리고 있을 때 옆집 아주머니가 가지고 오는 호박죽이나 호박범벅 한 대접은 얼마나 반갑던가. 이제 나도 그렇게 해보고 싶은 것이다.

거름을 주고 날마다 물을 뿌려 주었더니 여름이 되자 호박밭에 노란 호박꽃이 피었다. 오래전 어느 날, 할머니가 외출하시려고 하얀 모시옷을 차려입고 나오시다가 헛간 옆 울타리 앞에 멈춰 서서 지팡이에 의지해 허리를 펴시며 "호박꽃이 피었구나." 하고 환히 웃으시던 바로 그 꽃이다.

그 싸리 울타리에는 넓적한 호박잎들 사이에 노란 호박꽃이 아침 햇살을 받으며 활짝 피어 있었다. 마치 아침을 알리며 골짜기마다 울려 퍼지는 숲 속 요정의 커다란 황금 나팔 같았다. 나는 그때의 할머니 모습과 그 호박꽃이 많은 세월이 지난 지금도 눈에 선연하다.

그런데 그 호박꽃을 지금 나도 피워낸 것이다. '할머니- 호박꽃 피었어요!' 오래전에 돌아가신 할머니를 지금 안방에 계시는 양 큰 소리로 불러 자랑하고 싶다.

사실 푸르기만 한 여름들에 노란 호박꽃이 피어 있으면 온 들이 평화롭게 보인다. 여행할 때 차창 밖 저만큼 밭둑이나 산비탈에 노란 이 꽃이 피어 있으면, 그 산모롱이 뒤에는 할머니가 계시던 그날의 안온하고 평화로운 고향 집이 꼭 있을 것만 같다.

드디어 호박 줄기 한 가닥이 옥수숫대에 벋어 오르더니, 탁구공만 한 게 하나 달려 대롱거렸다. 반질반질 예쁘기도 했다. 자꾸만 들여다보는 사이 주먹만 해졌다. 하지만 내가 기른 어린 호박을 따고 싶지 않았다. 한창 진액이 오르고 있는 어린 꼭지를 뚝 끊어내기 싫은 것이다.

그런데 그해 여름은 웬 장마가 그리도 길었는지. 날마다 흐리고 비가 와 거리가 먼 시장에 가지 못하고 망설이다가 미안해하며 그놈을 땄다. 생전 처음으로 내가 심어 가꾼 것을 따고 보니, 어찌나 신기하고 오달진지 모르겠다. 도마 위에 올려놓고 썰면서도 몇 번이나 "하느님 감사합니다, 하느님 감사합니다." 하고 말했다.

그런데 긴 장마 후 호박밭에는 풀만 우거지고 꽃이 피지 않았다. 건넛집 텃밭 울타리에는 아침마다 노랗게 많이도 피는데. 조심조심 풀을 헤치며 살펴보았다. 장마 통에 호박 덩굴이 흙에 묻혀 거의 뭉크러지고 썩어 버린 게 아닌가. 탱자만 한 것, 사과만 한 것들이 모두 떨어져 썩고 있었다.

나는 한숨이 났다. 이 호박들이 다 잘 커서 누렇게 익으면 늦가을에 모두 따 옛날 우리 할머니처럼 대청에 쌓아 놓으려고 했는데……. 그리고 두 언니에게 크고 잘생긴 것으로 한 덩이씩 보내고, 눈 오는 날 큰 솥에 죽을 쑤어 뜨거울 때 큰 대접으로 하나씩 쟁반에 받쳐 이웃에 돌리려고 했는데……. 그러면 내가 어렸을 때처럼 그 집 꼬마들이 얼마나 좋아하겠는가.

너무나 허망하여 쓸쓸하기까지 하다. 바라보다가 겨우 살아남은 줄기에 달린 두세 개의 호박 아래 춤이 긴 풀을 뜯어 두툼하게 똬리를 만들어 받쳐 주었다.

다행히 요사이 날씨는 계속하여 맑다. 나는 담장 따라 곱게 핀 코스모스 아래 의젓이 앉아 있는 호박 앞에 다가섰다. 어느새 누르스름 골이 잡히며 함지박만큼이나 컸다. 가을을 재촉하는 듯 선들바람이 불자 옥수수 잎이 흔들고 코스모스가 휘청거리는데, 호박은 끄떡도 하지 않고 반석(盤石)처럼 앉아 있다.

서리가 내릴 때까지는 훨씬 더 클 것이다. 낮에는 푸른 하늘과 단풍에 물들고, 밤이면 별빛 어린 이슬에 젖고, 풀 밑에서 울어대는 벌레 소리를 들으며 나의 호박은 더욱 짙고 골 깊게 여물어 갈 것이다. 우리 할머니처럼 온화하고 조용히 익어 갈 것이다.

그때에 나는 이 편안한 누런 호박을 따야겠다. 두 언니에게는 내년으로 미루고 대청 두지위에 두었다가, 눈이 펄펄 오는 날 호박죽을 쒀야겠다.

.7.

골목시장

역전 골목엔 허름한 시장이 있다. 나는 그 시장엘 자주 간다. 물건 값이 싸다거나 거리가 가까워서만이 아니다. 거기엔 시골 텃밭이나 울타리 밑에 심은 푸성귀를 조금씩 싸들고 와서 어설프게 골목을 지키는 할머니들이 있기 때문이다.

그 시장에도 장사가 잘되는 어엿한 상가가 있지만, 자릿세를 내지 못하는 그들은 하는 수 없이 발길이 드문 뒷골목으로 밀려나 있다. 물건도 보잘것없는 것들이기 일쑤다.

하지만 겨울이면 호박고지며 무말랭이가 있고, 여름이면 할머니가 손수 만든 고추장아찌나 풋감장아찌가 나와 고향의 맛을 느끼게도 한다. 때로는 먼 산에 눈이 한창이지만 한 줌 여린 쑥이나 달래가 첫선을 보이기에 여간 정감이 가는 게 아니다.

오늘도 나는 시골집 텃밭에나 가듯 골목시장을 향해 집을 나선다. 입던 옷 그대로 바구니를 들고 대문을 나서자 강아지가 앞장을 선다. 강아지를 데리고 시장 골목을 누빌 수는 없기에 살짝 대문 안으로 유인해 놓고 간신히 빠져나왔다. 그리고는 북적대는 시장 거리를 휘돌아 항상 내가 가는 그 뒷골목으로 갔다.

낯익은 안노인이 강낭콩을 까고 있다. 한 보시기에 5백 원이라고 한다. 연필 글씨가 새까만 공책 장을 뜯어 접으며,

"우리 손자 내일 소풍 가는디 운동화 사 줄라고 그러요. 두 보시기 사주시오 잉!"

하며 웃어 보인다. 고개를 갸웃하면서 천 원짜리를 내밀자 "고맙소, 잉!" 하며 두 보시기를 붓고 덤까지 얹어 준다. 그리고는 주머니에서 얼마 되지 않은 돈을 모두 꺼내 치마폭에 놓고 침을 튀겨 가며 센다. 운동화 값이 되나 안 되나 헤아려 보는 모양이다. 나는 빙긋이 미소하며 돌아섰다.

근처에서 풋고추도 사고 잘고 쇤 듯하지만, 상추와 쑥갓도 샀다. 그것은 비닐하우스 안에서 기른 크고 연한 것보다 상추 본래의 쌉쌀한 맛이 있어 구미가 당긴다.

또 골목 끝에서 완행열차로 금방 이고 온 듯한 고무 자배기에 든 싱싱한 생선도 조금 샀다. 대문을 긁어 대며 따라오고 싶어 안달하던 강아지를 위해 잘라 버린 대가리와 꽁지까지 싸 달라고 했다. 이제 파 몇 뿌리만 사면 오늘 장보기는 대충 끝나는 셈이다.

그런데 맞은편 국숫집 앞에 여자들이 몇 사람 둘러앉아 있는 것이 이상스럽다. 가서 넘겨다보니, 가운데에 철 늦은 무화과가 물켜진 채 한 자배기 놓여 있고, 땅바닥에는 그 여인들이 먹고 버린 껍질이 수북하다. 참으로 맛있어 보인다.

'저것도 조금 살까?' 망설이는데 어떤 이가 뒤에서 "이것도 사시오, 잉" 하며 치맛자락을 잡아당긴다. 돌아보니 입술이 바싹 마르고 몹시 시장해 보이는 할머니가 지지리도 못난 시들어 가는 호박잎 서너 묶음을 들어 보이며, 떨이니 2백 원만 내고 다 가져가란다. 호박잎 모양새로야 살 마음이 없지만, 노인의 청이 너무 간절하고 측은하여 나는 머리를 끄덕여 사겠다는 표시를 했다.

그런데 노인의 바구니에는 그 호박잎만큼이나 못난 사과가 서너 개 또 담겨 있다. "그 사과도 떨이로 팔 겁니까?" 묻자, 의외의 대답이 나는 당황케 했다. 시집간 딸이 마침 장에 왔다가 당신 잡수시라며 사 주고 간 것을, 손자 생각이 나서 안 먹고 놔둔 것이라고 한다. 그러면서 고개를 슬쩍 돌려 뒤편 하늘 자락을 건너다본다. 집에서 기다리는 손자를 생각하는 모양이다.

나는 가슴이 뭉클했다. 미안한 마음으로 그 호박잎을 샀다. 또 남은 돈 5백 원으로 무화과를 사서 노인 앞으로 밀어 놓으며 권했다. 노인은 고맙다고 하며 볕에 그은 얼굴에 미소하며 맛있게 먹는다.

또 하나 벗겨서 주고 나도 하나 먹어보니 모양과는 달리 아주 맛있다. 남은 네 개를 노인 앞으로 바싹 놓으며 천천히 드시라고 권했다. 노인은 갈 길이 바쁘니 걸으면서 먹겠다며 그중 두 개를 집어 들고 일어선다. 다 드시고 가라고 아무리 일러도 막무가내다.

무화과와 사과가 든 바구니를 옆구리에 끼고 도망치듯 걸어가는 골목시장의 할머니. 나는 그 바구니가 멀리 사라질 때까지 우두커니 서서 바라보았다.

이윽고 노인이 지나간 길을 나도 걸으며 돌아가신 지 오래된 우리 할머니를 생각했다. 내가 어릴 때 밖에서 놀다가 나들이에서 돌아오시는 할머니를 발견하고는 "할머니—" 하고 부르며 달려가면 과자나 떡을 조금 싼 손수건부터 건네주셨다. 혹 "오늘은 아무것도 없구나," 하실 때는 곧 울고 싶을 만큼 섭섭

했지만, 그런 때는 예외 없이 벽장 속에 감추었던 것을 꺼내 주시곤 했다.

배가 아프면 쓸어주시고 머리가 아프다면 짚어 주시고 날마다 밤이면 할머니의 기도 속에 평안히 잠이 들던 어린 시절. 하지만 지금은 어느덧 나도 반백의 나이가 되고 말았다. 허술한 골목시장, 변변치 못한 찬거리지만 나의 시장길은 늘 고향 냄새를 바구니 가득 사 들고 오는 듯해서 뿌듯하다.

오늘 저녁은 시들은 호박잎을 물에 되살려서 밥솥에 얹어 살짝 익히고 고추를 썰고 깨와 참기름을 넣어 양념장을 만들어야겠다. 그리고 식구들과 밥상에 둘러앉아 골목시장 이야기를 하며 호박잎쌈을 먹으리라.

집 가까이 오니 여태껏 대문 밑으로 두 발을 내밀고 나를 기다리던 강아지가 끙끙거린다.

.8.

빨래하기

　요즘 빨래는 세탁기가 알아서 한다. 통에 빨랫감과 세제를
넣고 단추 몇 개만 눌러 놓으면 깨끗이 빨아 준다. 세제가 좋
아서 삶지 않아도 흰옷은 눈같이 희게, 무색은 본래의 색을 선
명하게 해준다. 나도 그런 세제와 세탁기로 빨래한다. 얼마나
편리한지.

　그런데 세탁기가 고장 났다. 기술자를 불렀더니, 너무 오래
되어서 고쳐 봐야 곧 다시 고장 날 테니 새것을 한 대 사라고
한다. 차일피일하는 동안 빨랫감이 점점 쌓여 가지만, 돈이 곧
마련될 것 같으니 세탁기를 사서 하지 하고 미루며 게으름을
피우고 있다.

오래전 우리 집은 대가족이기에 한번 빨래를 하려면 빨랫감이 큰 대바구니로 두셋쯤 되었다. 세탁기가 없던 때라 그 모두를 집안의 깊은 우물에서 두레박으로 물을 길어 올려 손으로 빨았다.

화학섬유는 없고 거의 면제품이던 때라 이부자리 홑청과 베갯잇, 옷 등 다 빤 그 많은 흰 빨래를 모두 비누질하고 양잿물을 조금 넣어 큰 솥에 불을 때 삶아서 또 빨았다. 마르면 풀을 먹여 널어 꾸덕꾸덕 해지면 걷어서 잘 개켜 주름이 다 펴질 때까지 몇 번이고 다시 개키고 뒤집어 밟았다.

그래서 베갯잇과 홑청 등은 다듬이질하고 다른 것은 자정이 넘도록 심부름하는 아이와 마주 잡고 앉아 서로 '졸지 마' '졸지 마' 해가며 숯불 다리미질을 했다. 그렇게 다 하는 데는 사나흘이 걸렸는데, 그렇게 하고 나면 몸살이 나서 온몸이 아팠다. 그래도 당연히 그렇게 해야 할 것으로 알고 일상 살림도 평소대로 다 했다.

많은 세월이 지난 후, 집을 고쳐 실내에 욕실을 만들고 수도를 들이자 사철 실내에서 펑펑 쏟아지는 수돗물에 빨래하니 얼마나 편하고 좋은지, 빨래하기가 일 같지도 않았다.

어느 해 여름이었다. 태풍이 세 차례나 지나며 7월 한 달 내내 비가 오더니, 8월에도 흐리고 비가 왔다. 방마다 구석구석

빨랫감이 수북했다.

그러던 어느 날 구름이 동쪽으로 달리는 것이, 그날은 비가 오지 않을 것 같았다. 이런 때 속히 빨래해야지 하며 빨랫감을 모두 모아 욕실 안에 고무 자배기와 대야에 세제를 풀어 잔뜩 담가 놓고 빨기 시작했다.

그런데 뜨거운 햇볕 아래 두레박으로 물을 길어 올려 그 크고 많은 빨래를 하던 때도 있었건만, 어느새 다 잊었단 말인가. 무덥고 후텁지근한 여름날 좁은 욕실에 쭈그리고 앉아 빨래하기가 여간 불편하고 괴로운 게 아니었다.

어렸을 때 어머니가 빨래하시던 생각을 했다. 빨랫감이 적을 때는 집 앞 동네 샘에서 빨았다. 그러나 이렇게 많을 때는 마을 아낙네들끼리 날을 잡아 커다란 광주리에 빨랫감을 가득 담고 솥과 땔감까지 일꾼에게 지워 마을 뒤 산 아래 흐르는 냇가로 가셨다.

그때 따라가 본 적이 있는데, 그곳은 몇 그루 큰 나무그늘에 넓적한 돌을 여러 개 고여 놓은 빨래터였다. 여자들은 그 돌에 앉아 샘물처럼 맑은 냇물에 빨래했다. 이 집 저 집 삶을 것을 모아 함께 삶고, 많으면 몇 번에 나누어 삶아 빨아 냇가의 깨끗한 자갈 위에 널어 말렸다.

그러면서 얘기도 하고, 때로는 뭐가 그리 재미있는지 모두 깔깔거리며 웃기도 했다. 일한다기보다 화전놀이라도 하는 듯 즐거워 보였다. 탕 탕 방망이질하고 흐르는 맑은 물에 빨래를 절레절레 흔들었다.

어쩌면 그때 그들은 가난과 층층 시 아래서의 고달픔과 서러움, 마음속 앙금까지 모두 그렇게 빨아 버리는 것이 아니었을까. 항상 말이 없고 우울하기만 하던 순이 엄마도 그날 빨래터에서는 잘 웃고 얘기도 잘했다. 매미는 종일 쉬지 않고 울어 대고 뻐꾸기 소리도 가끔 들려왔다. 나는 물가에 앉아 놀았다.

그때 일을 생각하며 빨래하니 미소가 나고 빨래하기가 힘들지 않은 것 같았다. 저린 다리와 굳은 허리를 펴보고 땀을 훔치며 빨래를 모두 했다.

바지랑대를 어깨만큼 눕혀 놓고 빨래를 하나하나 훌훌 털어 널고 빨래집게로 연이어 집어 나갔다. 이것은 큰아이의 옷, 이것은 딸아이의 옷, 이것은 막둥이의 옷 그리고…….

긴 줄에 가득히 널고는 바지랑대를 높이 세웠다. 빨래들이 손에 손을 잡고 내 머리 위 저만큼 높이 올라갔다. 흰 구름 검은 구름, 두껍고 얇은 구름이 층층으로 달리고 빨래들이 깃발처럼 파닥거렸다.

오늘은 세탁기가 없을지라도 손으로 빨래해야겠다.

초판 1쇄 인쇄일 2014년 08월 06일
초판 1쇄 발행일 2014년 08월 13일

지은이 이영희
펴낸이 김양수

펴낸곳 도서출판 맑은샘
출판등록 제2012-000035
주소 경기도 고양시 일산서구 중앙로 1456 604호(주엽동 18-2)
대표전화 031.906.5006 팩스 031.906.5079
이메일 okbook1234@naver.com
홈페이지 www.booksam.co.kr

ISBN 978-89-98374-74-7 (03810)

「이 도서의 국립중앙도서관 출판시도서목록(CIP)은 서지정보유통지원 시스템 홈페
이지(http://seoji.nl.go.kr)와 국가자료공동목록시스템(http://www.nl.go.kr/
kolisnet)에서 이용하실 수 있습니다.(CIP제어번호: CIP2014023209)」